MONSTER HIGH

MONSTRUOAMIGAS
para siempre

MONSTRUOAMIGAS para siempre

www.librosalfaguarajuvenil.com.mx

Título original: *Monster High: Ghouldfriends Forever*
D.R. © Mattel, Inc. Todos los derechos reservados, 2012
Monster High y las marcas asociadas pertenecen y se utilizan bajo licencia de
Mattel, Inc.
D.R. © Gitty Daneshvari, 2012
D.R. © De la edición española:
　　　Santillana Ediciones Generales, S. L., 2012

D. R. © De esta edición:
　　Santillana Ediciones Generales, S. A. de C. V., 2012
　　Av. Río Mixcoac 274, Col. Acacias,
　　C.P. 03240, México, D.F.

Primera edición en México: noviembre de 2012
ISBN: 978-607-11-2329-9

D.R. © Diseño de cubierta: Steve Scott, 2012
D.R. © Ilustraciones (interior y cubierta): Darko Dordevic, 2012
D.R. © Traducción: Mercedes Nuñez, 2012

Impreso en México

PRISA EDICIONES

Para mis madrileñas favoritas,
Francesca y Olivia Knoell

CAPÍTULO
uno

scondida en las profundidades de los exuberantes bosques de Oregón se hallaba una ciudad aparentemente normal. Al igual que las demás ciudades de Norteamérica, contaba con tiendas, restaurantes, pequeñas viviendas familiares y, cómo no, centros de enseñanza. Tan corriente era el aspecto de la ciudad que, de hecho, resultaba muy poco memorable. Año tras año, innumerables viajeros la atravesaban sin siquiera fijarse en ella, por completo inconscientes de que existiera cualquier aspecto extraordinario o único en semejante lugar. Pero desde luego, si alguien se hubiera detenido para un examen más minucioso, de inmediato habría saltado a la vista que la ciudad de Salem atendía a una clientela muy particular: ¡monstruos!

Y aunque pudiera pensarse que, como ciudad de monstruos, resultaba misteriosa hasta un punto terrible, no era así. Desde mucho tiempo atrás, la vida en Salem había transcurrido con calma, sin escándalos ni calamidades más allá de alguna que otra disputa sobre cuál de los cementerios acogería el baile de los Fenecidos Agradecidos, celebración en honor a los felizmente muertos. En efecto, la comunidad era tan común y corriente, que el acontecimiento más emocionante en el horizonte era el comienzo de un nuevo curso en Monster High.

El lunes por la mañana, muy temprano, la desgastada reja de hierro forjado de Monster High se abrió con un crujido para dar paso a una ráfaga de cuerpos que se aproximaban a toda velocidad. Entre el gentío de alumnos monstruos se encontraba una pequeña gárgola gris que llevaba un precioso vestido rosa de lino y un chal de Horrormés ceñido al talle con elegancia, a modo de cinturón. Moviéndose con cautela entre la multitud, la joven cuidaba de su equipaje Louis Vampirón y de su mascota, un grifo de gárgola hembra llamada Gargui; pero, sobre todo, cuidaba de sus propias manos. Dado que las gárgolas están hechas de piedra, se ven condenadas a soportar una pesadez extrema, así como unas garras terriblemente afiladas. Y lo último que Rochelle deseaba era hacerse un desgarrón en el vestido su primer día en un instituto nuevo.

—*Pardonnez-moi,* madame —dijo Rochelle Goyle elevando la voz con un encantador acento francés a medida que coronaba los escalones de entrada al edificio—. No es mi intención abusar de su confianza, pero, ¿no estará buscando esto, por casualidad?

Rochelle se agachó, recogió una cabeza con pelo negro azabache y labios carmesí, y se la entregó a la imponente figura descabezada que se encontraba de pie junto a la puerta principal.

—¡Gracias, niña! ¡Siempre ando perdiendo la cabeza, en sentido figurado y literal! Verás, hace poco me cayó un rayo y esto me ha dejado con una cierta dosis de lo que el médico denomina «mente confusa». Pero no hay de qué preocuparse, no durará eternamente —explicó la directora Sangriéntez mientras volvía a fijar su cabeza al cuello—. Y ahora, dime, ¿te conozco? En mi condición actual me cuesta recordar las caras, los nombres o, la verdad sea dicha, casi cualquier cosa.

—No, madame, con toda seguridad no me conoce. Soy Rochelle Goyle, vengo de Scaris y me alojaré en la nueva residencia para estudiantes de Monster High.

—Estoy contentísima de que nuestra reputación como primera escuela para monstruos haya atraído a tantos alumnos extranjeros. Así que vienes de Scaris, ¿eh? ¿Cómo has llegado hasta aquí? Confío en que no haya sido sobre el lomo de tu grifo de gárgola, con esa carita tan dulce —dijo la directora Sangriéntez mientras señalaba la pequeña y vivaz mascota de Rochelle.

—El párrafo 11.5 del código ético de las gárgolas desaconseja tomar asiento sobre el mobiliario, ¡y mucho menos sobre las mascotas! Hemos viajado con Lobato Líneas Etéreas, una compañía de lo más fiable; los aviones vienen equipados con asientos de acero reforzado para quienes estamos hechos de piedra —repuso Rochelle mientras bajaba la vista y contemplaba su esbelta, si bien compacta, figura—. Madame, perdone la molestia pero, ¿le importaría indicarme dónde se encuentra la residencia?

Sin embargo, antes de que la directora Sangriéntez tuviera oportunidad de responder, Rochelle fue arrojada al suelo por lo que parecía un muro de agua. Férrea, húmeda y extremadamente fría, una entidad desconocida envolvió al instante a Rochelle y a Gargui en una niebla densa y brumosa. Al levantar la vista desde abajo, Rochelle vio a una mujer corpulenta, de baja estatura y cabello gris, que arrasaba entre la multitud como un *tsunami*, derribando todo cuanto se encontrara en un radio de metro y medio.

—¡Señorita Su Nami! —llamó la directora Sangriéntez mientras la mujer de agua incrustaba a un incauto vampiro contra la pared.

Al escuchar la penetrante voz de la directora Sangriéntez, la señorita Su Nami se dio la vuelta y regresó en estampida, dejando a su paso un reguero de charcos. Al observarla de cerca, Rochelle no pudo evitar fijarse en su cutis permanentemente agrietado, en sus nítidos ojos azules y su postura poco favorecedora. Con las piernas separadas unos treinta centímetros y las manos posadas en las caderas deformes, a Rochelle la mujer le recordaba a un aficionado de la lucha libre, aunque, masculino.

—¿Sí, señora? —aturdió la señorita Su Nami con voz estridente.

—Esta joven es una de nuestras nuevas internas, así que, ¿le importaría acompañarla a la residencia? —preguntó la directora Sangriéntez a la señorita Su Nami antes de girarse en dirección a Rochelle—. Estás en buenas manos. La señorita Su Nami es la nueva delegada de desastres de Monster High.

Temiendo que los alumnos pudieran aprovecharse de su transitorio estado de despiste, sobre todo en lo que concernía a los castigos en las mazmorras, la directora Sangriéntez había contratado recientemente a la señorita Su Nami para que se encargara de todas las cuestiones disciplinarias.

—Entidad no adulta, agarra tu equipaje y tu juguete y sígueme — le ordenó la señorita Su Nami a Rochelle con un chirrido.

—Gargui no es un juguete, sino mi grifo mascota. No quisiera inducirle al error, ni a usted ni a ninguna otra persona. Las gárgolas nos tomamos la verdad muy en serio.

—Lección número uno: cuando tu boca se mueve, estás hablando. Lección número dos: cuando tus piernas se mueven, estás caminando. Si no consigues ejecutar ambas acciones a la vez, te ruego que te concentres en la última —replicó con brusquedad la señorita Su Nami antes de darle la espalda y franquear a paso de marcha la gigantesca puerta principal del instituto.

Al entrar en el sacrosanto vestíbulo de Monster High, Rochelle se vio desbordada por un grave ataque de nostalgia. Todo cuanto la rodeaba le parecía y resultaba desconocido hasta un punto aterrador. Estaba acostumbrada a paredes cubiertas de lujosos tejidos, ornamentadas molduras de pan de oro y enormes candelabros de cristal. Aunque, claro, su último centro escolar, École de Gargouille, se alojaba en un castillo que una vez fuera la residencia del conde de Scaris. Así que, como era de esperar, Rochelle sufrió una cierta conmoción ante los modernos suelos púrpura a cuadros, las paredes verdes y los casilleros rosas con for-

ma de ataúd de Monster High. Por no mencionar la lápida mortuoria tallada minuciosamente e instalada frente a la puerta principal, la cual recordaba a los alumnos que las normas del instituto prohibían aullar, mudar pelo, engullir extremidades y despertar a los murciélagos dormidos en los pasillos.

—*Pardonnez-moi,* señorita Su Nami, pero, ¿son murciélagos de verdad? Como usted debe saber, los murciélagos pueden transmitir una amplia variedad de enfermedades —indicó Rochelle. Sus cortas piernas grises se esforzaban al máximo para mantener el ritmo de la mujer empapada que corría en estampida.

—Monster High emplea murciélagos vacunados como exterminadores internos, para que engullan las arañas y los insectos que anden sueltos. Puesto que ciertos miembros del alumnado traen de almuerzo insectos vivos, consideramos a los murciélagos una parte muy valiosa del personal de limpieza. Si tienes algún problema con ellos, sugiero que hables del asunto con la directora. Pero recomiendo *encarecidamente* que antes te asegures de que tiene la cabeza bien sujeta —gruñó la señorita Su Nami mientras se abalanzaba por una puerta abierta y, acto seguido, embestía contra un lánguido zombi.

El zombi, anonadado, se tambaleó muy despacio hacia delante y atrás antes de desplomarse sobre el suelo, lo que suscitó gemidos de compasión por parte de Rochelle y de Gargui. La señorita Su Nami, sin embargo, continuó a toda velocidad dando fuertes pisotones, por completo inconsciente de las consecuencias de su temeraria marcha.

—No es mi intención indicarle cómo debe conducir sus asuntos, señorita, pero debo preguntarle: ¿se da usted cuenta de que ha derribado al suelo a un número considerable de monstruos en el escaso tiempo que llevamos caminando? —preguntó Rochelle con todo el tacto del que fue capaz.

—En el apartado de disciplina del instituto se conoce como daño colateral. Y ahora, deja de retrasarte y acelera el paso, ¡tengo que cumplir un horario! —ladró la señorita Su Nami—. Y si eres capaz de andar y escuchar al mismo tiempo, disfrutarás por el camino de una breve visita guiada. En caso contrario, ¡me limitaré a recordarme a mí misma dónde está cada cosa! Justo a tu derecha tenemos el laboratorio del científico absolutamente desquiciado, que no debe confundirse con el laboratorio del científico loco y desquiciado, el cual se encuentra en proceso de construcción en las catacumbas.

—¿No va a resultar innecesariamente confuso? —se preguntó en voz alta Rochelle mientras echaba un vistazo a la estancia, atestada de mecheros Bunsen, pequeños frascos con líquidos de colores, gafas protectoras de plástico, batas blancas de laboratorio e incontables aparatos de aspecto peculiar.

—He decidido hacer caso omiso a tu pregunta, ya que no la considero relevante. Ahora, continuaré mi recorrido. En la actualidad, el laboratorio se utiliza para la clase de Ciencia Loca, en la que los alumnos producen una amplia gama de productos tales como lociones para la piel escamosa, líquidos fungicidas para los cabezas de calabaza, suero calmante para el pelaje de los velludos, aceite orgánico para los inclinados a la robótica, enjuague bucal extrafuerte para los monstruos marinos y mucho más —explicó la señorita Su Nami antes de detenerse para sacudir el cuerpo como un perro después del baño, rociando de agua a cuantos se encontraban en un radio de metro y medio. Por fortuna, debido a que las gárgolas están concebidas para repeler el agua, Rochelle y su vestido quedaron a salvo.

—Me encanta el agua, pero incluso a *mí* me ha parecido súper fuerte —murmuró una criatura marina de piel escamosa, que llevaba sandalias y *shorts* anchos bien confeccionados, mientras se secaba la cara con un pañuelo de red.

—Bueno, por lo menos no se te ha puesto el pelaje a lo afro —gimió una chica loba vestida con estilo mientras se acariciaba su exuberante melena de cabello castaño rojizo, ahora empapada.

—Lagoona Blue, Clawdeen Wolf, no malgasten su vida protestando en mitad del pasillo. Más vale que vayan a quejarse en privado, como las monstruitas inteligentes y ambiciosas que son.

—*Bonjour* —musitó en voz baja Rochelle, al tiempo que dedicaba una sonrisa patéticamente incómoda a Lagoona y Clawdeen.

—¿Un chal de Horrormés de cinturón? ¡Parece recién sacado de la revista *Morgue!* ¡Fabuespantoso total! —la piropeó Clawdeen, a todas luces impresionada por el estilo chic de Rochelle.

—*Merci beaucoup* —respondió la gárgola elevando la voz a medida que perseguía a toda velocidad a la apresurada señorita Su Nami.

—A continuación tenemos el campanario, detrás del cual encontrarás el patio y la cafeterroría, respectivamente. Justo a tu izquierda tienes el gimnasio, la cancha de monstruo-baloncesto, la cueva de estudio y, finalmente, la terrorcocina, donde se imparte Cocina y Manualidades —explicó con rapidez la señorita Su Nami mientras recorría como un huracán los cavernosos pasillos de tonos púrpura y verde.

Tras chocar contra una hilera de casilleros rosas con forma de ataúd, la mujer propensa a los charcos giró por un pasillo contiguo y, a toda prisa, reanudó su labor de guía turística.

—Aquí tenemos el cementerio, donde puedes cumplir con los requisitos para Deseducación Física cursando Baile Espectral aunque, por supuesto, también puedes hacerlo uniéndote al equipo de Patinaje Laberíntico, que entrena en el laberinto. Después tenemos el calabozo, donde van los castigados y, por último, la biblioterroreca, donde se imparten Literatura Macabra y Monstroria: Historia de los Monstruos.

—¿Sería posible obtener un plano? —inquirió educadamente Rochelle, sobre cuyo hombro Gargui estaba posada con dulzura—. Aunque mi cerebro es extraordinario para recordar las cosas, a la hora de orientarme quedo petrificada.

—Los planos son para quienes temen perderse, o para quienes se han perdido y temen ser encontrados, y ninguno de los casos tiene que ver contigo. Además, por el momento, lo único que te interesa saber es dónde se encuentra el vampiteatro, para la asamblea de comienzo de trimestre.

—Es que no sé dónde está el vampiteatro.

—En ese caso, sugiero que lo averigües.

—¿Podría indicármelo?

—Bajo ningún motivo. Tenemos que seguir un programa, y el vampiteatro no figura en él. Y ahora, acelera el paso —protestó la señorita Su Nami mientras abría una puerta con forma de ataúd que daba a un ala contigua del instituto.

Tras recorrer un pasillo extenso y un tanto desierto, la señorita Su Nami y Rochelle llegaron a una escalera rosa de caracol, vieja y desvencijada.

—*Pardonnez-moi,* señorita, pero esta escalera no parece ser muy robusta, ni da la impresión de que cumpla con los requisitos generales de seguridad. El párrafo 1.7 del código ético de las gárgolas estipula con claridad que tengo la obligación de advertir a otros del peligro, de modo que ahora le advierto: ¡esta escalera es una amenaza!

—Deja ya de preocuparte. ¡Pareces un ratón asustado! —ladró la señorita Su Nami, acallando a Rochelle al instante.

Mientras subía a rastras su maleta Louis Vampirón por la escalera de color rosa, que crujía despiadadamente bajo su peso, Rochelle sintió otra punzada de nostalgia. De pronto, echaba de menos todo lo referente a su hogar, desde los arcos góticos de su catedral preferida hasta la manera suave, aunque un tanto malhumorada, en la que hablaban los nativos de Scaris. Pero tal vez a quien añoraba en mayor medida —sobre todo mientras arrastraba su pesada maleta— era a su novio, Garrott DuRoque, tan atractivo como romántico. Y aunque nunca se habían sentado juntos en un banco por temor a que se desplomara, compartían muchas más cosas, entre ellas, un rosal que él había creado en honor a Rochelle.

Al llegar a lo alto de la escalera, la joven se encontró con una cautivadora y bien recibida fuente de distracción. Ante sus ojos colgaba una cortina color hueso, tejida profusamente con hebras finas y sedosas. Lanzando destellos bajo la tenue luz, la tela encantó a Rochelle, quien profesaba un profundo amor por la moda y las texturas. Se preguntó si podría encargar un chal para su *grand-mère,* ya que estaba convencida de que también ella quedaría maravillada con el tejido. Los dedos grises de la pequeña gárgola, adornados con dos anillos de flor de lis, revolotearon a pocos centímetros de la cortina. Ay, cómo anhelaba acariciar el espléndido tejido; pero no se atrevió por miedo a provocar un enganchón con sus garras, como tantas veces le había ocurrido en el pasado con otras telas exquisitas.

En un abrir y ce-
rrar de ojos, la se-
ñorita Su Nami
lanzó su propia
mano, enorme
y arrugada, ha-
cia el delicado velo,
rasgándolo en dos.

—*Quelle horreur!* —exclamó Rochelle con un chillido al contemplar la tela destrozada.

—Ahórrate las lágrimas; vuelve a crecer en unos
segundos —ladró la señorita Su Nami al tiempo que
señalaba un ejército de arañas que tejía en lo alto con
frenesí. Veinte arañas negras del tamaño de una moneda lanzaban sus patas de un lado a otro a modo de
cancán arácnido, reproduciendo en cuestión de segundos la cortina tejida de manera exquisita. Y aunque
Rochelle nunca había tenido gran simpatía por las
criaturas de ocho patas, sobre todo porque solían ins-

talarse a vivir en las gárgolas sin pedir permiso, quedó gratamente impresionada por el eficiente método de trabajo de aquel grupo.

La residencia para estudiantes consistía en un pasillo largo y fastuoso, con paredes cubiertas de musgo y ventanas de coloridos vitrales que arrojaban brillantes cuadrados de luz sobre el suelo plateado de piel de serpiente. El suave musgo color esmeralda crecía por las paredes de manera desigual, creando una definida topografía con picos y valles. Aquí y allá, finos hilos de telaraña que envolvían pequeños montículos de follaje daban fe de los recorridos habituales de los arácnidos.

—El señor Muerte, orientador vocacional de Monster High, está recibiendo a los alumnos internos en este momento —gruñó la señorita Su Nami mientras, dejando de lado varias puertas, conducía a Rochelle hasta una zona con asientos cercana al pasillo—. Cumple las normas, entidad no adulta, y no tendrás ningún problema conmigo.

—Soy una gárgola; las normas nos encantan. De hecho, a menudo nos inventamos reglas nuevas sólo por diversión —repuso Rochelle con sinceridad. Ante la respuesta, la acuosa mujer inclinó la cabeza de inmediato y se alejó con fuertes pisotones.

Sola en un país nuevo, con un idioma nuevo y en un instituto nuevo, a Rochelle no le quedaba más remedio que reunir cuanto valor le fuera posible y hacer frente a la situación. Y, según tenía entendido, el mejor modo de empezar era con el señor Muerte.

CAPÍTULO dos

Con expresión abatida, el señor Muerte, esqueleto de mediana edad, llegó a la zona de espera arrastrando los pies. Era la encarnación física y mental de la melancolía, hasta el punto de que ni siquiera recordaba la última vez que había esbozado una sonrisa, y mucho menos que se había reído. De pie, con hombros encorvados y cabeza gacha, el señor Muerte intentaba reunir a los alumnos rezagados. Pero en vez de limitarse a llamarlos o, incluso, a lanzarles un silbido, suspiró. Y aunque soltó los primeros suspiros con suavidad, al poco rato se volvieron muy sonoros y agresivos.

De hecho, estaba poco menos que gimiendo antes de congregar por fin a los estudiantes en un reducido grupo a su alrededor.

—Hola, alumnos. Confío en que no les resulte deprimente mirar mi cara esquelética y escuchar mi voz apagada —declaró el señor Muerte con entonación monótona—. Pero de ser así, lo entiendo.

Acto seguido, el melancólico varón bajó la vista al suelo y se puso a suspirar otra vez, dejando a los alumnos más bien desconcertados.

—Supongo que debería indicarles cuáles son sus respectivas habitaciones —se quejó el hombre penosamente, como si el mero hecho de hablar acabara con la última gota de energía con la que contaba.

De inmediato, Rochelle quedó fascinada por el lúgubre personaje, e hizo suyos cada uno de los suspiros, cada ceño fruncido. Al tratarse de una gárgola activa y servicial, le costaba hallarse en presencia de personas tristes y afligidas sin ofrecerles consejo.

—Como pueden ver, tenemos una sección para chicas y una sección para chicos. Los monstruos no visitarán a las monstruas y las monstruas no visitarán a los monstruos —explicó el señor Muerte mientras señalaba una división en el pasillo—. Veamos, la cámara de Monstruosidad y Calamidad ha sido adjudicada a Rose y a Blanche Van Sangre, de Rumanía.

Unas gemelas altas y fibrosas, con pelo negro azabache y piel cenicienta, ambas ataviadas con vestido largo de lunares y capa de terciopelo negro, se abrieron camino hasta la cabeza del grupo.

—Hola, yo llamo Rose Van Sangre, y ésta es hermana mía, Blanche Van Sangre. Somos vampiras cíngaras, así que no gusta dormir más de tres noches en mismo sitio —declaró Rose en tono frío con su marcado acento rumano.

—No me importa dónde duerman, ni siquiera si duermen o no. Yo, por ejemplo, llevo sin dormir bien…

toda la vida —anunció el señor Muerte antes de suspirar con estrépito una vez más.

—*Vraies jumelles!* ¡Gemelas idénticas! *Gemelli identici!* —gritó con brusquedad un joven desde el fondo del grupo, dando lugar a que todos se giraran hacia atrás.

El asombroso chico tricéfalo, al que pronto llegarían a conocer como Freddie Tres Cabezas, tenía la terrible costumbre de expresar sus opiniones de improviso. Y aunque las tres cabezas decían exactamente lo mismo, exactamente al mismo tiempo, las tres se expresaban en idiomas diferentes. Por lo general, en mordaliano, vampinglés y scarisino; pero, a veces, otras lenguas como el zombi, el duendenés y el aullano salían también a relucir.

—No somos idénticas, y no agrada que confundan a nosotras, porque somos muy diferentes. Como cualquier idiota puede ver, pelo de Rose es *muchísimo* menos brillante que mío —replicó Blanche, indignada. Acto seguido, agarró la enorme llave dorada de su habitación y se marchó, echando pestes, junto a su hermana.

—Los cabezas de calabaza Marvin, James y Sam compartirán la cámara de Vampiros y Zafiros.

Tres pequeñas criaturas, con extremidades delgadas como palillos y una calabaza por cabeza, se acercaron con energía al señor Muerte, tomaron su llave dorada y comenzaron a cantar:

—*Una mujer de agua existió una vez, tan mala, tan mala, que no te lo crees…*

Mientras tanto, las ranas toro que tenían por mascotas croaban a viva voz, ofreciendo el acompañamiento de bajo perfecto. Es un hecho bien conocido

que los anfibios cuentan con un talento innato para seguir el ritmo. Los cabezas de calabaza, descendientes del Jinete Decapitado y, por lo tanto, primos lejanos de la directora decapitada, la señora Sangriéntez, a menudo actuaban al estilo de un coro griego, cantando acerca de casi todo lo que veían o escuchaban.

—La cámara de Colmillos y Ladrillos se le asigna únicamente a Freddie Tres Cabezas ya que, según tenemos entendido, sus cabezas suelen hablar en sueños —anunció el señor Muerte al tiempo que el chico, avergonzado, miraba hacia otro lado con sus seis ojos.

—La cámara de Ataúdes y Laúdes es para Cy Clops y Henry Jorobado.

El tímido —aunque atractivo— cíclope se desplazó hacia un lado mientras Henry Jorobado, un chico pelirrojo que sufría de una curvatura extrema en la espina dorsal, se aproximaba al señor Muerte en busca de la llave.

—Hola, señor M., soy Henry, y solo quería decir que me siento súper emocionado por estar en Monster High, sobre todo porque el entrenador Igor da clases aquí. Ese tipo es una leyenda —declaró Henry con efusividad. A continuación, el señor Muerte soltó un suspiro y desvió la mirada.

—Todo el mundo quiere al entrenador Igor: el equipo de monstruo-baloncesto, el de asustadoras y el de patinaje laberíntico. ¿Por qué nadie le tiene tanto afecto al orientador vocacional? —lamentó con tristeza el señor Muerte.

—Hay que hacer algo —murmuró Rochelle a Gargui mientras colocaba en alto a la mascota para que viera al señor Muerte, perennemente abatido.

—La cámara de Voltaje y Montaje se le asigna a Vudú, quien no tendrá compañero de habitación, ya que nos han comentado que su altar dedicado a Frankie Stein es bastante aparatoso.

Vudú, un muñeco de vudú de tamaño humano, con ojos azules redondos como botones y un surtido de agujas que sobresalían de su cuerpo de trapo, estaba encaprichado a más no poder con su compañera Frankie Stein. Al fin y al cabo, ella lo había creado en el laboratorio de su padre, el doctor Stein.

—Gracias, señor Muerte —repuso Vudú con dulzura. Luego, se fue deambulando por el pasillo de los chicos.

—Y, por último, en la cámara de Masacre y Lacre tenemos a Venus McFlytrap, Robecca Steam y Rochelle Goyle.

Mientras paseaba la vista alrededor en busca de señales de sus compañeras de habitación, la mirada de Rochelle fue a parar en una chica de aspecto peculiar, con piel verde y la mitad del cráneo afeitado. La chica inclinó la cabeza a un lado y esbozó una amplia sonrisa mientras las vides enroscadas a sus muñecas agitaban sus hojas levemente.

Rochelle ya no estaba en Scaris, ¡eso seguro!

gillary Clinton es mi ídolo —expuso la chica vestida de colores brillantes, con estilo *punk* y ornamentados brazaletes de vid, tras abrir la puerta de la cámara de Masacre y Lacre, seguida por Rochelle—. ¿Sabías que una vez estuvo una semana en huelga de hambre para protestar por el vertido de sustancias tóxicas al mar?

En la pared del fondo colgaba un retrato de Gillary Clinton, actual presidenta de la Federación Internacional de Monstruos. Como cabeza del consejo de administración del mundo de los monstruos, era aclamada por unos y satanizada por otros.

—Los peces pueden pasar fácilmente una semana sin comida. Pero eso no hace menos encomiable
la actuación de Gillary Clinton. Tan solo lo menciono
porque, como gárgola que soy, tengo el deber de compartir toda información pertinente —explicó Rochelle
con cierta incomodidad antes de tender la mano para
presentarse—. Por cierto, me llamo Rochelle Goyle.

—Yo soy Venus McFlytrap, y te presento a Ñamñam, mi mascota, que es una planta carnívora —anunció la otra chica quien, acto seguido, se echó por detrás
del hombro su larga melena a ra-
yas rosa y verde—. Vine un poco
antes para acomodarla en la habitación. Ya conoces a las plantas, no soportan los cambios
—prosiguió Venus mientras se
frotaba la incipiente pelusa rosa
de la mitad afeitada de su cabeza.

—Debo decir que tiene una higiene dental excelente —comentó Rochelle mientras examinaba los dientes extremadamente blancos y las encías verde brillante de la planta.

—Sí, es bastante espectracular —coincidió Venus; luego, le sopló un beso de polen (una pequeña nube de polvo naranja) a su planta mascota.

—*Pardonnez-moi,* ésta es Gargui, mi mascota. Es un grifo hembra; como el animal mitológico, es mitad águila y mitad león.

Gargui, que agitaba alegremente las alas y la cola, fue brincando hasta Ñamñam con la intención de saludar. Por desgracia, tan pronto como el animalillo gris se plantó a pocos centímetros de la planta, ésta le mordió la nariz. Y no sólo la punta de la nariz: Ñamñam se las arregló para abarcar casi todo el hocico.

—¡Ñam, no! —la regañó Venus—. Lo siento, está pasando por una fase de mordiscos. No ve demasiado bien, así que tiene dificultad para distinguir a los amigos de los banquetes. ¿Se encuentra bien Gargui?

Rochelle se fijó en la sonrisa traviesa y un tanto boba de la planta antes de volver la atención hacia la siempre feliz Gargui.

—Ah, sí, perfectamente. Está hecha de granito, de modo que morderla cuesta bastante.

—Ñamñam es una monada cuando se le conoce bien; pero yo, en tu lugar, tendría cuidado con los dedos al acercarlos a las hojas —aconsejó Venus, y luego paseó la vista por la habitación—. Mira todo esto. ¿Lo puedes creer? ¡Estoy horrorizada!

Rochelle examinó el reducido pero acogedor espacio en busca de posibles violaciones de seguridad, aunque no encontró ninguna. Las paredes de piedra caliza finamente pulidas albergaban tres camas impecables, dos ventanas de tamaño medio, un armario y un sillón grande, mullido. Con una gran semejanza a una anémona marina, el abultado sillón parecía dispuesto a tragarse cualquier objeto a su alcance. Forrado de gasa egipcia —que recordaba a las vendas de las momias— y pelaje mudado de hombre lobo tejido con maestría, ni el sillón ni los cubrecamas resultaban horrorosos, lo cual sumió a Rochelle en el desconcierto.

—¿Estás disgustada porque no han utilizado tejidos de mayor calidad? Debes recordar que nos encontramos en un centro escolar, y no en un hotel de cinco calaveras —indicó con efusividad.

—¡Pero qué dices! Estoy hablando de los focos no respetuosos con el medioambiente y la ausencia de un bote para reciclaje. En serio, ¡es un peligro total! —declaró Venus mientras estampaba contra el suelo su botín de color rosa.

Venus McFlytrap era hija del monstruo de las plantas y había heredado parte del temperamento de su padre, sobre todo en lo que concernía a la protección medioambiental. Y aunque trataba de controlar sus pólenes de persuasión, a veces le resultaba imposible. La ira o la contrariedad extremas solían tener como resultado estornudos cargados de polen que arrastraban a todo el mundo a estar incondicionalmente de acuerdo con todo aquello que Venus decía. Dependiendo de la intensidad del estornudo, el efecto del polen podía durar desde unos minutos hasta varias horas. Y para colmo, resultaba dificilísimo quitar de la ropa el polen de Venus, de color naranja brillante.

Mientras Rochelle se disponía a corregir la valoración de su compañera sobre lo peligroso de la situación, la puerta se abrió de golpe, chocando con estrépito contra la pared de piedra caliza.

—¡Ay, Señor, Señor! —exclamó animadamente una chica de rostro húmedo, cubierta de remaches y planchas de metal—. En este instituto hay murciélago encerrado, y lo digo en serio, porque acabo de ver uno en el pasillo que, por cierto, es gigantesco. Me encontraba tan perdida y tan frustrada que empecé a soltar vapor y el pelo se me puso como la lechuga escarola. Y aunque la escarola está muy bien para las ensaladas, ¡no está nada bien para el pelo de una monstruita como yo!

La chica, al parecer fabricada a partir de una máquina de vapor, jugueteó con su larga melena azul mientras se sonrojaba al notar que Rochelle y Venus le clavaban la mirada.

—¿Robecca Steam? —dedujo Venus con una sonrisa burlona.

—Ay, qué desastre, ¡debe parecer que tengo el cerebro oxidado! ¡No puedo creer que haya abierto la puerta de golpe sin siquiera decir cómo me llamo! ¡Sí, soy Robecca Steam! Madre mía. No he estado tan nerviosa desde que ejecuté mi primera acrobacia aérea delante de mi padre. Eso fue hace siglos, claro, antes de que me desmontaran. ¡Estoy tan contenta porque me han vuelto a ensamblar que me explotan los circuitos internos! —exclamó Robecca mientras le salía vapor de las orejas.

Cuando estaba enfadada o inquieta, Robecca soltaba vapor por las orejas y la nariz. Y aunque a ella los vahos no le importaban gran cosa, los que se hallaban a su alrededor los detestaban profundamente. Era bien conocido que sus estallidos de vapor habían alisado muchas faldas tableadas y encrespado el pelaje de numerosos monstruos. Sin embargo, ha de tenerse en cuenta que el vapor no siempre resultaba un fastidio, ya que actuaba como un tratamiento natural para el rostro: de ahí el cutis de Robecca, siempre hidratado.

—*Bonjour*, Robecca. Soy Rochelle y estoy encantada de conocerte.

—¡Acento francés! Chispas, ¡es electrizante!

—¿Es que las chispas de este país son eléctricas? —preguntó Rochelle con toda seriedad.

—¡Madre mía! —Robecca se moría de risa—. ¡Esa sí que es buena! ¡Chispas de electicidad!

El susurro de hojas en movimiento desvió la atención de Robecca hacia la atractiva chica de piel verde que se encontraba a su lado.

—Hola, me llamo Venus.

—Chicas, me faltan palabras para explicarles lo emocionada que estoy por compartir habitación con ustedes. Por ese preciso motivo decidí mudarme de la casa de la señora Atiborraniños. Sabía que la vida en la residencia estudiantil iba a ser vamptástica. Piensen en lo que nos vamos a divertir, platicando hasta altas horas de la noche…

—Me veo en la obligación de mencionar que, a la hora de acostarme, me adhiero a un horario muy estricto —interrumpió Rochelle.

—Supongo que deberíamos empezar a prepararnos o llegaremos tarde a la asamblea —añadió Venus mientras arrancaba una pluma de la boca de Ñamñam.

—¡Tarde! Ay, ¡ojalá no existiera esa palabra! Verán, soy un caso perdido en cuanto a la puntualidad, ya que mi reloj interno está desconectado. Pero me prometí a mí misma que iba a hacer un esfuerzo una vez que llegara al instituto. Se está convirtiendo en una pesadilla para Penny, el pingüino hembra mecánico que tengo de mascota. A veces me desespero tanto por culpa de la hora que la dejo por todas partes… De hecho, no sé dónde estará en este momento. Confío en no haberla dejado en el antro comercial o, peor aún, en el baño del antro comercial. Penny es muy especial con los baños públicos. Y no la culpo: la mayoría necesitan una buena limpieza a base de vapor —siguió divagando Robecca mientras tomaba asiento en el sillón y se daba unos toques en la frente para librarse del vapor residual.

Tan en serio se tomaba Robecca su defecto, que sus nuevas compañeras de cuarto le confiaron la misión de estar pendiente de la hora, en el sentido más estricto. La obligaron a sentarse justo enfrente del reloj y le pidieron que les avisara cinco minutos antes de que tuvieran que marcharse.

—Creo que acabo de descubrir el lugar perfecto para obtener composta con residuos orgánicos —anunció Venus con entusiasmo mientras miraba por la ventana.

—El párrafo 1.7 del código ético de las gárgolas estipula que tengo la obligación de informar a quien se encuentre en peligro. Venus, las pilas de compostaje son caldo de cultivo para las bacterias. De hecho, los científicos las consideran culpables de la epidemia de gripe de comida podrida que sufrió el este de Mongolia el año pasado.

—¿Quieres saber otro caldo de cultivo para las bacterias? ¡Las armas nucleares! Así que, ¿por qué no te centras en ellas y dejas mi composta en paz? —replicó Venus con evidente indignación.

—Venus, *s'il vudú plait,* deja que te explique. Te deseo mucha suerte con tu pila de compostaje, de verdad. Sólo que, como gárgola, tengo el deber de advertir a cuantos me rodean de posibles peligros, y corregir a aquellos que divulguen información incorrecta. Por lo tanto, me gustaría señalar que las centrales nucleares no crían bacterias. Aunque puedan erradicar tanto al género humano como al monstruoso en cuestión de minutos, son una fuente bacteriana muy improbable.

—Me he puesto en plan ogro, lo reconozco; sólo intentas ayudar —se disculpó Venus con sinceridad. Su temperamento estallaba y amainaba con igual rapidez.

Rochelle sonrió mientras se unía a Venus, junto a la ventana.

—Mira todos esos pinos. ¿No te encanta el oxígeno fresco?

—¿Es que existe el oxígeno *fresco?* ¿No es fresco todo el oxígeno? Aunque, claro, el oxígeno se puede almacenar en tanques, y supongo que no es lo que se dice fresco —reflexionó Rochelle en voz baja.

—Te encanta corregir a la gente, ¿verdad? —comentó Venus con un tono de irritación.

—¿Qué puedo decir? Soy una gárgola —repuso Rochelle mientras, distraídamente, daba golpecitos en un jarrón de cerámica cercano con uno de sus pétreos dedos grises—. Valoramos la precisión en gran medida.

La costumbre de dar golpecitos era una de las particularidades más problemáticas de Rochelle. Mientras pensaba o hablaba y, a veces, mientras dormía, daba golpecitos con los dedos en actitud reflexiva. Como es natural, las superficies robustas como el mármol, la madera y el metal resistían sus pesados dedos sin problemas; ahora bien, los objetos frágiles como los jarrones de cerámica no tenían tanta suerte.

—*Zut! Buu la la!* —exclamó Rochelle cuando el jarrón se desmoronó, dejando un revoltijo de fragmentos de cerámica empapados de agua.

—No te preocupes —indicó Venus con tono despreocupado—. No hay nada más deprimente que las flores recién cortadas; es como cuando en un funeral dejan el ataúd abierto. La persona quizá parezca viva, pero está muerta.

Como el estallido de la gripe de comida podrida, el recuerdo de la ocasión por parte de Rochelle fue instantáneo, horrorosamente incómodo e incluso un tanto irritante.

—¡Tornillos desatornillados! ¿Cómo he podido hacerlo otra vez? —vociferó Robecca mientras el vapor le salía a chorros por las orejas.

Por una u otra razón, mientras Robecca estaba anclada frente al reloj desplazó los ojos hacia sus botas cohete y se puso a engrasarlas, olvidándose por completo de la hora.

—¿Recuerdan que dije que les avisaría cinco minutos antes de que tuviéramos que marcharnos? Bueno, ¡pues eso fue hace diez minutos! —dijo Robecca con arrebato—. ¡Vamos! ¡No podemos perder ni un segundo!

—¿Tenemos que correr? —preguntó Rochelle mientras, con paso lento y penoso, seguía a Robecca y a Venus.

Aunque las gárgolas se desplazan con una rapidez vertiginosa cuando vuelan, al andar resultan más bien lentas. Y es que las piernas de piedra no están hechas para la velocidad; de hecho, sólo están diseñadas para permanecer inmóviles.

—Madre mía, ¡lo siento mucho, monstruas! Pensé que esta vez lo conseguiría, de verdad. Pero es evidente que estaba equivocada. ¡Mi impuntualidad es contagiosa! —cuchicheó Robecca mientras aceleraba la marcha y bajaba por la escalera de color rosa.

—En serio, Robecca, no es para tanto. ¿Que llegaremos tarde a la asamblea? Como digo siempre, no hay que sudar por las pequeñeces —declaró Venus de una manera relajada a más no poder, al puro estilo de la Costa Oeste norteamericana.

—¿Es tu forma de decirme que estoy empapada de sudor o, más bien, de vapor? ¡Ay, Señor! ¡Me oxido sólo de pensar en la primera impresión tan horrorosa que van a tener de mí!

omo primogénita y única chica en el jardín de monstruos de sus padres, Venus no sólo estaba acostumbrada a ponerse al mando, sino que lo daba por hecho.

—¡Chicas, dejen de correr! Tenemos que tranquilizarnos. A ver, nos hemos perdido en un instituto y no en el este de Siberia. Seguro que si nos tomamos un minuto para mirar alrededor, encontraremos un plano o una guía o algo parecido que nos diga cómo llegar al vampiteatro —explicó Venus con buen juicio.

Agotadas y al borde de un ataque de nervios, Robecca y Rochelle asintieron con la cabeza antes de di-

55

rigirse hacia un pasillo contiguo. Venus, por su parte, se distrajo un segundo al ver una lápida en la que se advertía que estaba estrictamente prohibido entablar amistad con los murciélagos porque se había sa- bido que provocaba celos desenfrenados entre la comunidad local de quirópteros. Semejante fenó- meno sorprendió a Venus, ya que siempre había considerado a los murciélagos socialmente ma- duros, al menos en comparación con los monstruos adolescentes.

—Estos pasillos grandes y vacíos me dan un yuyu… —murmuró Robecca a Rochelle—. ¿Dónde está todo el mundo?

—Perdóname, pero no te entiendo. ¿Qué significa «yuyu»?

—Ya sabes, como cuando los remaches de la nuca se te ponen de punta —explicó Robecca.

—Eso suena a ser electrocutado, lo cual es un asunto de la máxima seriedad.

—¡Chicas! —llamó Venus elevando la voz, pues había percibido la súbita llegada de un olor repugnante.

Nunca en su vida se había encontrado Venus con un hedor tan espantoso: una mezcla de humedad, col escabechada e hígado rancio. Tan desagradable resultaba la peste que, de hecho, notó que le crecía pelusa en el interior de los orificios nasales. Y por si la pestilencia no fuera lo bastante extraña, a continuación se escuchó un leve sonido de rasguños, como el de los hierbajos sobre el cemento, que llegaba desde atrás.

—¡Robecca! ¡Rochelle! —volvió a llamar Venus, esta vez más alto.

Al escuchar sus nombres, las chicas se dieron la vuelta de inmediato y empezaron a ahogar gritos, a tragar saliva y a soltar gruñidos ante la visión que tenían ante sí.

¡Madre mía! ¿Qué es esa cosa? —chilló Robecca y, acto seguido, se tapó la boca con la mano de forma teatral.

—*Quelle horreur!* —exclamó Rochelle con un grito y con el rostro distorsionado por la repugnancia.

Una descarga de adrenalina recorrió a Venus, provocando que todos los nervios de su cuerpo se estremecieran mientras se daba la vuelta para enfrentarse a lo gran desconocido. De pie, ante ella, se hallaba un trol con obesidad mórbida, piel correosa, acné infectado y largos mechones grasientos plagados de ácaros. Mientras Venus, con valentía, reprimía el impulso de vomitar, la bestia de cuerpo deforme soltó un gruñido y dejó a la vista sus dientes afilados y cubiertos de sarro.

—Piensa, Venus —dijo ésta para sí—. ¿Qué haría el doctor Ogrolittle?

—¿Quién doctor Troglolittle? —balbuceó el trol entre gruñidos mientras arrojaba grandes cantidades de baba por las comisuras de la boca.

—Mmm, es un monstruo al que los animales se le dan realmente bien —explicó Venus, incómoda—. Puede que hayas leído sus libros aunque, no sé por qué, lo dudo.

—¿Qué hacer ustedes en pasillo? —replicó el trol con agresividad antes de volver a dejar al descubierto sus repugnantes dientecillos.

—Es nuestro primer día en Monster High y estamos perdidas —explicó Venus con sensatez.

—¿Le importaría indicarnos la dirección al vampiteatro? —terció Rochelle cordialmente.

Tras clavarles una intensa mirada durante varios segundos, el trol levantó la mano, exhibiendo sus uñas largas y descuidadas, y señaló el extremo del pasillo.

—Vampiteatro ahí —ladró mientras un rastro de baba le surcaba lentamente su asimétrica barbilla.

—Gracias, has sido muy amable. Bueno, excepto por los gruñidos —repuso Venus con toda naturalidad.

—Próxima vez ustedes tarde, yo comerlas —refunfuñó el trol; luego, esbozó una sonrisa que helaba la sangre.

—Ok, genial. Qué gran plan —repuso Venus mientras tiraba de sus compañeras para alejarlas del trol.

—¿Me equivoco al decir que nos amenazó con comernos? —preguntó Rochelle, sin dar crédito.

—Así es, pero yo no me preocuparía. No tiene una boca tan grande. Dudo que pudiera meterse algo más que una mano. Y, por suerte para nosotras, tenemos dos —respondió Venus con tono cándido.

—¡Ay, Señor, Señor! Que te coma un trol, o siquiera que te dé un mordisquito, ¡suena de veras horroroso! —exclamó Robecca con un grito.

—Hola, me alegra ver que no soy el único que llega tarde —dijo un chico bien vestido que llevaba una chaqueta tejida a cuadros. Acto seguido, abrió la puerta del vampiteatro y la sujetó para dejar pasar a las chicas.

Venus observó al chico con detenimiento, asombrada por lo normal que parecía. De hecho, tenía un aspecto tan normal que no pudo evitar pensar que resultaba bastante *anormal*.

Se llevó un dedo a los labios para acallar los murmullos de Rochelle y de Robecca mientras las conducía al interior del grandioso salón de actos de tonos púrpura y oro. Decorada con motivos egipcios, la enorme estancia albergaba estatuas de faraones y esfinges que rodeaban el escenario. Y aunque Venus estaba demasiado ocupada buscando asientos como para fijarse en el interior, a Robecca el salón le pareció absolutamente mágico; estaba por completo deslumbrada por los destellos y los brillos del recinto. Por su parte, Rochelle encontró la decoración de un pésimo gusto: le recordaba al parque de atracciones de la película *Bitelchús*.

Tras buscar en vano asientos libres, Venus dirigió a las chicas a un reducido espacio junto a uno de los pasillos del auditorio.

—Como saben, las gárgolas adoramos sentarnos en el suelo, ya que así es menos probable que destrocemos el mobiliario. Sin embargo, es mi deber mencionar que se trata de una violación del código de prevención de incendios de Monster High —susurró Rochelle con vehemencia.

—Tomamos debida nota —respondió Venus mientras se acomodaba en el suelo.

—¿No les parece divertido? Es como si estuviéramos en un campamento —dijo Robecca con su característica dulzura, no exenta de ingenuidad.

Aunque frío y duro, el suelo en realidad proporcionaba a las chicas una espléndida panorámica del escenario. La señorita Su Nami, el señor Muerte, un puñado de profesores que no reconocían y varios troles estaban sentados y clavaban la vista en la directora

Sangriéntez mientras ésta, desesperada, intentaba recordar lo que quería decir. Como el vapor que escapa de una tetera al hervir agua, las palabras se le habían evaporado de la mente, sin más. Varias veces comenzó a hablar, pero se quedó en silencio segundos después. Entonces, justo cuando estaba a punto de olvidarse de que se había olvidado de lo que fuera, el discurso le regresó a la mente a toda velocidad.

—¡Bienvenidos a Monster High! Tenerlos con nosotros es un susto maravilloso, y seguro que éste va a ser nuestro mejor y más monstruoso curso hasta la fecha. La verdad es que no existe nada más emocionante que el inicio de un nuevo año escolar. Porque, al comienzo, tienen la oportunidad de alcanzar cualquier logro que se propongan. Y como persona cuya mente se encuentra averiada en la actualidad, debido a un desafortunado encuentro con un rayo, puedo decirles lo terrible que es desperdiciarla —declaró la directora Sangriéntez justo antes de que una expresión de desconcierto le recorriera el semblante—. ¿Qué estaba diciendo? Sí, claro, el departamento de Teatro de Monster High es espectacular. *La Gaceta Macabra* describió la representación del año pasado de *Pesadilla de una noche de verano* como «un éxito bestial».

—Señora, no estamos hablando del departamento de Teatro —indicó la señorita Su Nami elevando la voz. A continuación, se acercó a la directora y le susurró al oído—: Estamos dando la bienvenida a los alumnos.

—Gracias, señorita Su Nami. Su memoria de mi memoria resulta de lo más útil —reconoció con sinceridad la directora Sangriéntez, que luego se giró en dirección al público—. ¡Estamos absolutamente eufóricos por dar la bienvenida a Monster High a nuestra primera generación de alumnos internos! Dado que la mayoría proceden de lugares lejanos, ¡hemos convertido la segunda planta del ala este en una residencia para ellos! ¡Esperamos que les gusten nuestras instalaciones, alumnos nuevos!

Educados aplausos llenaron el vampiteatro mientras Venus propinaba codazos a Rochelle y a Robecca. ¡La directora Sangriéntez estaba hablando de ellas!

—Y ahora, para presentar otra emocionante novedad en nuestro instituto, me gustaría llamar al podio a Frankie Stein y a Draculaura.

Dos hermosas chicas ascendieron despacio los escalones que conducían al escenario. Frankie Stein, hija de Frankenstein, estaba cosida a mano y tenía la piel del color del helado de menta con virutas de chocolate, mientras que Draculaura, hija de Drácula, era una chica vivaz de pelo rosa y con colmillos blancos perfectamente esculpidos.

—Hola a todos. Por si no me conocen, soy Frankie Stein, y ésta es mi buena amiga Draculaura. Parece que fue ayer cuando yo misma era la monstrua nueva del instituto y trataba de orientarme por las instalaciones. ¡Pero mírenme ahora! Estoy aquí para presentarles a otra monstrua nueva o, mejor dicho, a la

65

nueva *profesora* —anunció Frankie antes de ceder el turno a Draculaura.

—Les ruego que den una cálida bienvenida a la señorita Silfidia Alada, recién llegada de Mordalia para impartir clases de Introducción al Susurro de Dragones —dijo Draculaura con entusiasmo mientras levantaba las manos en el aire para aplaudir.

Estrechamente rodeada de un conjunto de troles, una dragona europea de gran hermosura y delicadeza dio un paso adelante para saludar al público.

—Ah, y no ha venido sola —añadió Frankie—. Ha traído con ella a un equipo de troles entrados en años que, bajo la supervisión de la señorita Su Nami, ejercerán labores de vigilancia y mantendrán el con*trol* en los pasillos.

—¡Nosotros, troles! ¡Cumplir reglas! —gruñeron con tono agresivo en dirección a la multitud las grasientas criaturas de la tercera edad que rodeaban a la señorita Alada.

—Como pueden ver, aún están aprendiendo nuestro idioma —señaló Draculaura; luego, murmuró para sus adentros—: Y, por lo que se ve, también tienen que aprender a cuidarse el pelo y las uñas.

Los troles, sobre todo los de avanzada edad, como era el caso, resultaban excepcionalmente hábiles a la hora de mantener todo en orden *excepto* en lo referente a su aspecto físico. Se negaban rotundamente a cortarse el pelo (por desgracia, el vello de la nariz incluido) o las garras. Pero quizá lo más notorio fuera que se negaban a bañarse más de una vez cada dos semanas, de ahí la gruesa capa de mugre marrón que les cubría la piel.

La profesora nueva se acercó al micrófono mientras Frankie y Draculaura se apartaban a un lado.

—Hola, adorables monstruitos —saludó la señorita Alada con una voz suave y áspera al mismo tiempo, que embelesó a todos cuantos se hallaban al alcance del oído—. Es para mí un honor encontrarme aquí con ustedes aunque, por otro lado, añoro a mis colegas y a mis alumnos de Mordalia. Sin embargo, fueron lo bastante amables como para enviar conmigo este increíble regimiento de troles. No sólo son expertos monitores de pasillos, sino también domadores de dragones salvajes. Confío de todo corazón en que los encuentren tan simpáticos y encantadores como los encuentro yo.

El tono sedoso de la señorita Alada hacía exquisita pareja con su cautivadora belleza física. Con piel iridiscente, boca en forma de corazón, ojos verdes centelleantes y larga melena rojo sangre, su hermosura cortaba la respiración. Al igual que todos los dragones europeos, carecía de escamas y de cola. Iba vestida de la cabeza a los pies con ropa de alta costura, hábilmente confeccionada para adaptarse a sus delicadas alas blanquecinas.

—¡Tornillos desatornillados y tuercas oxidadas! Esa dragona es una preciosidad —murmuró Robecca.

—Me pregunto qué producto utilizará para exfoliarse —dijo Rochelle con tono reflexivo mientras, tímidamente, se frotaba sus duras piernas de granito—. Su piel se ve muy suave.

—Me cuesta creer que sea susurradora de dragones salvajes. Por lo general, acaban con la piel llena de quemaduras y ampollas después de años de accidentes y qué sé yo —susurró Venus mientras Frankie Stein se aproximaba de nuevo al podio.

—Como muchos de ustedes ya saben, nos acercamos a toda velocidad al baile de los Fenecidos Agradecidos. Y para ofrecerles más información sobre los planes de este curso nos acompañan los actuales Rey y Reina del Alarido de Monster High: Deuce Gorgon y Cleo de Nile.

La multitud estalló en aplausos mientras subía al escenario una princesa egipcia faraónicamente espectacular, con piel del color del café con leche y extensiones negras y doradas en el pelo. Caminando tras ella a corta distancia iba un atractivo chico que llevaba gafas de sol y exhibía una reptilcresta, o cresta de serpientes.

—Hola, chicos. Soy Cleo y éste es Deuce, mi novio. Como de costumbre, el baile de los Fenecidos Agradecidos se celebrará el día después de los exámenes trimestrales en el cementerio más antiguo de Salem, el Eskelaullano. Se trata del evento más importante del año, por lo que les ruego que se vistan adecuadamente. En otras palabras, nada de pelaje enmarañado, nada de colmillos amarillentos y, ni qué decir tiene, nada de escamas secas.

—La fiesta comienza a las once en punto y termina al amanecer —explicó Deuce antes de que lo empujara a un lado la señorita Su Nami quien, de paso, le arrancó las gafas.

Y antes de que Deuce pudiera volver a ponérselas, un trol se plantó en su línea de visión.

La grasienta criaturita se convirtió en piedra al instante, lo que llevó a Deuce a soltar un gruñido de abatimiento.

—¡Otra vez no!

—Según el horario previsto, la asamblea ha terminado. Todas las entidades no adultas abandonarán la sala en fila india —instruyó la señorita Su Nami y, a continuación, sacudió el cuerpo como un perro mojado—. Los horarios de las clases se les están enviando por correo electrónico en este momento. Si no tienen un teléfono celular iAtaúd, entablen amistad con alguien que lo tenga y utilicen el dispositivo de esa persona para consultar su *e-mail*.

Un hervidero de monstruos abarrotaba los pasillos; todos ellos consultaban con emoción sus respectivos iAtaúdes.

—¡Madre mía! —balbuceó Robecca mientras chocaba contra su nuevo vecino de habitación, Cy Clops, lo que provocó que el engranaje de su rodilla emitiera un sonoro chirrido—. ¡Ups! ¡Lo siento!

Ha llegado el momento de un cambio de aceite, al parecer.

—Las multitudes pueden llegar a ser muy peligrosas —explicó Rochelle con seriedad—. Los monstruos a menudo acaban con garras rotas, pezuñas amoratadas o pelaje arrancado.

—Mmm, sólo estamos hablando de un puñado de adolescentes, y no de Transilvania en plena luna llena. Creo que nos las podremos arreglar perfectamente —repuso Venus.

—Aunque optes por ignorar la advertencia de una gárgola, una gárgola nunca debe ignorar la oportunidad de hacer una advertencia —replicó Rochelle con tono remilgado.

—¿Eso viene en una galleta china de la suerte? —se burló Venus mientras sacaba un iAtaúd de su mochila para libros reciclada.

—Por supuesto que no. Las gárgolas no creen en los adivinos ni en las galletas de la suerte —respondió

Rochelle, muy seria—. Sin embargo, la comida china nos encanta.

—¡Ésta sí que es buena! ¡Estamos en las mismas clases! —exclamó Robecca, emocionada, mientras comparaba los respectivos iAtaúdes.

—Sí, pero no nos ha tocó Introducción al Susurro de Dragones —respondió Venus con un gruñido—. Vaya decepción. Los reptiles me adoran.

—A mí, no. Nunca me ha gustado mucho susurrar. Me da la impresión de que la gente sólo susurra cuando dice cosas que no debería decir —explicó Robecca.

—Hola, chicas, ¿son nuevas? —Frankie Stein se aproximó al trío mientras una joven zombi la seguía con paso lento.

—¿Tanto se nota? —preguntó Venus.

—Bueno, ustedes tres son las únicas que quedan en los pasillos, con excepción de los troles. Por cierto, me llamo Frankie Stein, y ésta es Ghoulia Yelps.

—*Grrrnnn* —murmuró Ghoulia, para gran desconcierto de Rochelle, Robecca y Venus.

—Supongo que no hablan el idioma zombi, chicas —dijo Frankie.

—*Bonjour,* me llamo Rochelle Goyle, y les presento a Robecca Steam y también a Venus McFlytrap. Somos compañeras de habitación en la nueva residencia.

—¡Electrizante! ¡Les encantará! Si necesitan cualquier cosa, no duden en decírmelo.

—¿No sabrás por casualidad cómo llegar a la clase de Literatura Macabra, con el doctor Pezláez? —preguntó Rochelle al tiempo que leía la información en su iAtaúd.

—Es en la biblioterroreca: hay que seguir recto, doblar a la derecha a la altura de la lápida y luego a la izquierda, por el cuerno montado. ¡Buena suerte! —dijo Frankie elevando la voz y, acto seguido, se alejó por el pasillo mientras Ghoulia la seguía.

CAPÍTULO
cinco

a biblioterroreca era una estancia fría y con corrientes de aire, atestada de bolas de pelusa, muebles desvencijados y las mejores historias de monstruos jamás contadas. Organizadas por especies, las narraciones presentaban o estaban escritas por todo tipo de criaturas imaginables, desde las más famosas a las menos conocidas. Aquellos volúmenes no sólo eran Literatura Macabra: también eran monstroria, o historia de los monstruos relatada por ellos mismos.

El doctor Pezláez entró en la biblioterroreca justo cuando sonaba la campana que indicaba el comienzo de las clases. Vestido con un traje de lana con coderas marrón oscuro y portando un portafolio de piel, el monstruo marino de mediana edad tenía todo el aspecto de un profesor de literatura, aunque despedía un tenue olor a agua salada.

—Alumnos —saludó a la clase el doctor Pezláez, que luego agachó la cabeza con aire teatral y guardó silencio durante treinta segundos. Acto seguido, sacó una pipa del bolsillo de su chaqueta y prosiguió—: Refrescar mi paladar mental antes de zambullirme en la literatura macabra me resulta de lo más útil.

—*Pardonnez-moi,* doctor Pezláez, pero fumar está terminantemente prohibido en Monster High. Además, es malo, malísimo, para su salud —decretó Rochelle con firmeza.

—Y para la *nuestra.* Me marchita a tope —susurró Venus a Rochelle.

—No es una pipa, joven gárgola. Puede que parezca una pipa, pero no es una pipa de ninguna manera. De hecho, es un pedazo de queso bien tallado, que seguramente me comeré de almuerzo, más tarde. Verás, el trabajo de los profesores se parece mucho al de los actores; en ambas profesiones se utilizan accesorios que facilitan el acercamiento a diferentes personajes. Y esta pipa de queso me ayuda en este momento a acceder a mi personalidad intelectual, el gran doctor Pezláez.

—Madre mía, más parece un artista de circo que un profesor —murmuró Robecca a Venus y a Rochelle.

—Y a continuación, mi monólogo, también conocido como «pasar lista» —dijo el doctor Pezláez mientras apartaba su pipa de queso y sacaba una carpeta—. ¿Lagoona Blue? ¿Draculaura? ¿Jackson Jekyll o Holt Hyde? ¿Deuce Gorgon?

A medida que los nombres de sus compañeros resonaban en la estancia, Rochelle volvió la vista hacia el chico que siempre llevaba gafas de sol: Deuce Gorgon. Lo encontraba atractivo y misterioso al mismo tiempo. Tal vez fuera porque no estaba hecho de granito, o porque ella se encontraba entre los pocos alumnos del instituto que algún día lo podría mirar a los ojos. Dado que Rochelle ya estaba hecha de piedra, la mirada de serpiente de Deuce no le suponía amenaza alguna.

—¿Cleo de Nile? —continuó el doctor Pezláez.

Al escuchar el nombre de la novia de Deuce, Rochelle abandonó de repente su ensoñación y recordó que ella misma tampoco estaba libre. Tan solo unos días atrás, en Scaris, se había despedido de Garrott, su adorable novio gárgola. El simple hecho de pensar en Garrott le provocaba un sentimiento de culpa abrumador.

Mientras Rochelle reflexionaba sobre su reciente enamoramiento, Venus permanecía sentada a su lado, indignada por la enorme colección de bolsas de compras de Cleo de Nile.

—¡Mira todas esas bolsas de papel! Es una irresponsabilidad total. Esa chica es, básicamente, una asesina de árboles —dijo Venus, furiosa, a Robecca y Rochelle.

—Tranqui. A ver, Venus, ¿no te parece que lo de «asesina de árboles» suena un poco fuerte? Puede que, simplemente, olvidara en casa su bolsa reutilizable. A mí se me olvidan las cosas todo el tiempo —explicó Robecca con voz chillona, albergando la esperanza de apaciguar la ira medioambiental de Venus, que aumentaba por momentos.

Pero Venus no era la clase de monstruo que se aplaca con facilidad. Y antes de que Robecca pudiera darse cuenta, ya estaba agitando sus brazos verdes en el aire, en un desesperado intento por obtener la atención de Cleo.

—Eh, Cleo, aquí. Me llamo Venus. Soy nueva en Monster High.

—Bienvenida —repuso Cleo con voz gélida.

—Por lo que se ve, esta mañana has hecho bastantes compras para el regreso a clases. Seguro que te la has pasado en grande. ¿Pero sabes lo que habría sido más divertido aún? ¡Llevar tu bolsa reutilizable al antro comercial y salvar la vida de un árbol!

—¿A qué viene todo eso de las bolsas, los árboles y esas cosas? ¿Es que tengo pinta de guardabosques o de basurera?

—Para tu información, estás hablando de dos de las profesiones más nobles del mundo. ¡Todos los días luchan en primera línea contra los enemigos del medio ambiente como tú! ¿Te das cuenta acaso de que necesitamos árboles para producir oxígeno? —declaró Venus mientras las vides se le enroscaban con firmeza alrededor de los puños.

—*¡No lo dudes ni un segundo, lucha y cambia el mundo!* —exclamó cantando un solitario cabeza de calabaza desde su asiento, en un rincón de la estancia.

—Párale, *hierbajo* —replicó Cleo, que luego se giró hacia Clawdeen Wolf—. Salta a la vista que no tiene madera para el equipo de asustadoras ni para la Alondra Monstruosa.

La asociación Alondra Monstruosa era el club social femenino del instituto: una auténtica guía «quién es quién» de monstruos adolescentes que, como tal, restringía la admisión en gran medida.

—Ay, chica —exclamó Lagoona Blue con su burbujeante acento australiano—. Sólo intenta mantener el mundo saludable para todos nosotros.

—Lo que tú digas —replicó Cleo mientras el rostro de Venus seguía tiñéndose de rojo de pura rabia.

—Venus, me preocupa tu presión sanguínea; da la impresión de que vas a explotar. Te aconsejaría que dejes esta conversación para luego —interpuso Rochelle.

—¡El *planeta* no se puede dejar para *luego!*

—¿Qué tal si nos vemos *luego?* O mejor dicho, *¿nunca?* —repuso Cleo con tono cortante.

Venus agitó la nariz nerviosamente, infló las mejillas y, acto seguido, expulsó un estornudo atronador. Una nube de polen naranja brillante descendió sobre Cleo de Nile, esquivando como por arte de magia a los alumnos que rodeaban a la chica egipcia.

—¿Estás bien, nena? ¿Tu ropa está bien? —preguntó Deuce con dulzura, preocupado de que Cleo se fuera a afligir más por el estado de su ropa que por cualquier otra cosa.

—Pues claro —repuso Cleo con una calidez y simpatía nada características en ella. Luego, se giró hacia Venus—. Gracias por demostrarme lo equivocada que estaba. Tienes toda la razón; ir de compras sin una bolsa reutilizable es de lo más irresponsable. De hecho, ¡voy a encargar una bolsa de oro macizo que me dure para siempre! Gracias, Venus, ¡muchas gracias!

Entonces Deuce, dulcemente, colocó una mano en la frente de Cleo.

—Nena, me estás poniendo los pelos de punta. ¿Seguro que no te has enfadado por el estornudo que te echaron encima?

Tras haber observado detenidamente el desarrollo del drama como si fuera una producción teatral representada para su propio disfrute, por fin el doctor Pezláez decidió que había llegado el momento justo para intervenir.

—A ver si lo averiguo. ¿Venus McFlytrap?

—Sí, soy yo, doctor Pezláez.

—Los pólenes de persuasión están estrictamente prohibidos en el instituto.

—Lo sé. Lo siento muchísimo —se disculpó Venus con evidente remordimiento. No daba crédito a que hubiera perdido totalmente el control de sus pólenes tan poco tiempo después de llegar a Monster High.

—Como experto en arte dramático, aprecio tu apasionamiento. Sin embargo, como profesor no puedo consentir que utilices tus pólenes de persuasión sin las debidas consecuencias —explicó el doctor Pezláez. Acto seguido, elevó la voz en dirección al pasillo—. ¡Trol! ¡Trol! ¡Que el trol más cercano acuda a la biblioterroreca, por favor!

En cuestión de segundos un trol de pelambre grisácea, extraordinariamente rechoncho y con una palpitante narizota roja entró en la estancia con paso torpe.

Tras pasear la vista alrededor unos instantes, siguió la mirada del doctor Pezláez directamente hasta Venus McFlytrap. Entonces, el trol se acercó tambaleando hasta la asustada chica, rápidamente se limpió la nariz en la mano y le hizo señas para que lo siguiera hasta el pasillo.

—*Bon chance* —susurró Rochelle mientras agitaba en el aire su pañuelo de tela con iniciales de color rosa.

—No permitas que te coma —añadió Robecca, preocupada.

—Yo no me preocuparía —una voz tranquila llegó desde detrás de Robecca—. Los troles son vegetarianos.

Era Cy Clops y, como de costumbre, el tímido chico clavaba los ojos en el suelo y cruzaba los brazos con torpeza.

—¡Tuercas y tornillos! Me alegra saberlo, gracias —respondió Robecca, y el chico se limitó a asentir con la cabeza.

Una vez en el pasillo principal, el trol utilizó de nuevo sus manos mugrientas a modo de pañuelo desechable. Era un espectáculo tan visualmente llamativo que Venus, asqueada, tuvo que bajar los ojos al suelo de cuadros púrpura.

—¿Sabes qué hago yo cuando me da un resfriado? Tomo montones de vitamina C, bebo muchos líquidos y, ahora viene lo más importante, me limpio la nariz sólo con pañuelos. Esto no sólo te ayudará a sentirte mejor, sino que también te ayudará en el aspecto social. Y es que si algo repugna a los amigos en potencia son las manos llenas de mocos.

—No tiempo. Tú escuchar. Mala cosa aquí —gruñó el trol en voz baja.

—¿Me estás diciendo de verdad que estoy castigada?

—Mala cosa aquí, destrozar instituto —gimoteó el trol que, acto seguido, miró alrededor con desconfianza.

—No te entiendo.

—Suceder antes. Ahora mala cosa aquí. Tú escuchar. Parar mala cosa.

—Lo siento, pero no entiendo el idioma de los troles. No tengo ni idea de lo que intentas decirme.

—Demasiado tarde —susurró la criatura de nariz roja y avanzada edad antes de adherirse a una manada de troles que pasaba por ahí.

CAPÍTULO
SEIS

l señor Cortado, también conocido como el señor Corte, tal vez fuera el profesor del instituto con el aspecto más desagradable debido a su máscara de metal, su barbilla gigantesca y sus puntiagudas orejas de duende. Era un científico loco que, como cabía esperar, impartía clases de Ciencia Loca en el laboratorio del científico absolutamente desquiciado, estancia plagada de mecheros Bunsen, microscopios y pequeños frascos de potentes pócimas. Con un profundo entendimiento de la imprudencia que conlleva el hecho de ser adolescente, el señor Corte mantenía encerrados bajo llave todos los líquidos peligrosos.

—La botánica, o estudio de las plantas, es uno de mis apartados favoritos, pues me permite enseñar zombificación homeopática —explicó el señor Corte quien, in-mediatamente, soltó una risa histérica—. A ver, ¿alguien sabe en qué se convierte el suero de ancho de llama cuando se calienta a treinta y siete grados centígrados?

—¿Se refiere al suero de ancho de llama que está que arde? —bromeó Henry Jorobado.

—Al señor Corte no le gustan los chistes —susurró Vudú mientras garabateaba el nombre de Frankie Stein en la tapa de su cuaderno.

—Eso es patético, Jorobado —replicó con brusquedad el señor Corte.

Un trío de cabezas de calabaza situado al fondo del laboratorio empezó a cantar en voz baja:

—*¿Un suero? ¿Qué suero? ¡Desde aquí atrás no me entero!*

—¿Qué opinas tú, McFlytrap? Eres una planta. Pienso que lo sabrás todo sobre los derivados del arbusto de ancho de llama, ¿no?

—Mmm, mmm, mmm... —murmuró Venus, marchitándose literalmente bajo la penetrante mirada de su profesor.

—Se convierte en un suero que transforma en zombis a las criaturas de sangre fría —dijo una suave voz.

—Tienes razón, Clops —dijo el señor Corte, emocionado; luego, estampó una bandeja metálica sobre la barra y se puso a soltar carcajadas—. ¡Me encanta escuchar la respuesta correcta!

—¡Vaya mente tan bien engrasada debe de tener ese cíclope! ¿Si no cómo es que podría saber tal cosa? —reflexionó en alto Robecca mientras miraba al chico tan penosamente tímido.

—Puede que fuera criado por botánicos. O acaso pasa su tiempo libre leyendo la monstruopedia —aventuró Rochelle—. Imposible saberlo a ciencia cierta.

Mientras Robecca seguía clavando la vista en Cy, Henry se inclinó para acercarse al chico de un solo ojo y le dio unas palmaditas en la espalda.

—Genial. Siempre es bueno tener un compañero de habitación de quien se pueda copiar en clase. Por cierto, quería preguntarte, ¿te vas a apuntar al equipo de patinaje laberíntico?

—No, creo que no —respondió Cy, un tanto incómodo bajo la mirada de Robecca.

—¡Pero si es lo más divertido del mundo!

En ese preciso instante, Robecca fijó la vista en el único ojo de Cy y le sonrió con amabilidad, lo que desató en el chico una enorme descarga de adrenalina.

—Vamos, ¿qué dices? —presionó Henry.

—¿Qué? Sí, claro, lo que quieras —balbuceó Cy, que ignoraba a qué se estaba comprometiendo.

—¡Excelente! Seguro que te encantará el capitán del equipo, Clawd Wolf. Es bestial.

Después de Ciencia Loca llegó Cocina y Manualidades y, por fin, Deseducación Física. Para alegría de Cy, Robecca también había decidido unirse al equipo de patinaje laberíntico. Pero es que, a fin de cuentas, ella misma había sido una de las fundadoras del juego mucho tiempo atrás, en el siglo XVIII, antes de que la desmontaran. Rochelle, aunque era una buena jugadora de patinaje laberíntico, decidió quedarse con Venus en Baile Espectral. Ambas chicas estaban deseando aprender a bailar la mumba (o rumba de las momias).

Apenas iluminado, con incontables senderos marcados por setos anchos y espinosos, el laberinto consistía en un inmenso espacio que, a cada giro, parecía engañar a la mente. Los altos y cuidadosamente podados arbustos aportaban a los recién llegados una sensación de seguridad, enmascarando la enormidad de la tarea. Una serie de murciélagos encaramados en lo alto de las barras situadas justo debajo del techo servían de equipo de grabación y documentaban todos los movimientos de los jugadores. Y aunque la mayor parte del laberinto se encontraba en perfecto estado de mantenimiento, la directora Sangriéntez utilizaba más de unos cuantos huecos a modo de unidades de almacenaje que llenaba con pupitres viejos y armatostes oxidados. Pero el laberinto sólo se utilizaba para entrenamiento; los partidos oficiales se disputaban en otro lugar.

Siempre temeraria, Robecca se lanzó al entrenamiento de patinaje laberíntico sin pensarlo dos veces. En cuestión de minutos, estaba zumbando entre los setos verde oscuro gracias a sus especiales botas cohete y, de vez en cuando, se detenía para ejecutar acrobacias aéreas. La habilidad de Robecca para sobrevolar el laberinto y rescatar a desconcertados compañeros de equipo la convirtió al instante en la favorita del grupo.

Horas más tarde, mucho después de que la campana hubiera sonado, señalando el final de Deseducación Física, Robecca salió disparada del laberinto con brusquedad. Con sus botas cohete aún echando humo, entró como un huracán en el pasillo principal, desesperada por encontrar a alguien con un reloj o un iAtaúd. Por desgracia, Robecca había dejado su iAtaúd en una de las clases anteriores, pero ignoraba por completo en cuál de ellas.

—¡Por favor! Dime, ¿qué hora es? ¡Llego tarde! —exclamó Robecca al ver que Frankie Stein y su amiga Clawdeen Wolf avanzaban por el pasillo principal.

—¡Eh! ¿A qué viene tanta prisa? —preguntó Frankie con voz dulce. Clawdeen dio un paso atrás para apartarse de Robecca.

—¡Perdona! Estás soltando vapor y no quiero que el pelaje se me encrespe. Lo entiendes, ¿verdad?

—¡Sí, claro! El pelaje encrespado es absolutamente mortal. Pero, díganme, ¿saben qué hora es? Seguro que llego tarde a algún sitio. ¡Sólo que no recuerdo adónde!

Mientras Frankie consultaba su reloj, una voz silenciosa y tranquila se escuchó como caída del cielo:

—Las cinco en punto.

Era Cy Clops que sujetaba en sus brazos a Penny, el pingüino hembra, que mostraba cara de pocos amigos.

—Me parece que dejaste algo olvidado en el laberinto —dijo él con timidez mientras colocaba a Penny sobre el suelo y luego se escabullía a toda velocidad.

—¡Madre mía! ¡Lo siento, Penny! —se disculpó Robecca entre balbuceos con su mascota mecánica.

—Eh, la asociación Alondra Monstruosa está a punto de celebrar su primera reunión del curso, por si les interesa a ti y a tus colegas. Es una especie de hermandad de chicas. Juntas, realizamos todo tipo de actividades, desde aprender etiqueta para monstruos a hacernos la manicura o, en algunos casos, la «garracura» —explicó Frankie.

—Gracias, Frankie. Está genial, en serio; pero Rochelle y yo no querríamos apuntarnos sin Venus. Y, bueno, digamos que a la relación entre Venus y Cleo no le vendría mal una buena limpieza a base de vapor.

—Ah, claro, el infame estornudo —rememoró Clawdeen al tiempo que asentía con la cabeza en señal de reconocimiento—. Ya conoces a las momias; son de lo más rencoroso.

Rochelle soltó un suspiro mientras observaba cómo las dos chicas se alejaban. ¡No veía el momento de empezar a apuntarse a los clubes de Monster High!

CAPÍTULO Siete

 l día siguiente, durante el almuerzo, la cafeterroría de Monster High era un hervidero de rumores sobre la extraordinaria, elegante y sobrenaturalmente interesante señorita Alada. Hasta la mismísima Spectra Vondergeist, la fantasma de cabello púrpura preferida por todos, escribía sobre la nueva profesora en su blog, *Chismosa espectral*. Era como si todo el alumnado, tanto chicos como chicas, hubieran perdido la cabeza por el miembro más reciente del personal. Bueno, tal vez no fuera el caso de todos los alumnos. Venus, Robecca y Rochelle estaban demasiado concentradas en otro integrante del profesorado como para interesarse por la señorita Alada.

—No tiene sentido andarse con rodeos. ¡Es evidente que hace falta intervenir! —exclamó Rochelle mientras tamborileaba los dedos una y otra vez sobre el tablero de madera de la mesa, provocando diminutas cavidades en la superficie.

—¿Intervenir? ¿En qué sentido? —preguntó Venus sensatamente.

—¡En la depresión, claro está! *Regardez!* ¡Está intentando ahogarse en su sopa!

Venus dirigió la vista a Rochelle y puso los ojos en blanco antes de caer en la cuenta de que el señor Muerte, en efecto, trataba de sumergir su huesudo rostro en cinco centímetros de sopa de chícharos.

—A ver, no exageremos. Está almorzando con la señorita Su Nami. Creo que todas estaremos de acuerdo en que pasar tiempo con esa mujer acabaría por volver loco a cualquiera —razonó Venus.

—¡Pero mira la ropa que lleva! Sólo alguien sin nada por lo que vivir saldría a la calle así vestido. Además, cuando bostezó hace un rato, me fijé en que sus dientes están un tanto grisáceos. Y, como todo el mundo sabe, cuando los esqueletos dejan de blanquearse los dientes es que han tocado fondo.

—¿Quién te lo dijo? ¿Tu dentista? —preguntó Venus, incrédula.

—Apuesto a que las gárgolas son maravillosas como dentistas —aseveró Robecca con entusiasmo.

—Es verdad, lo somos. Ni siquiera necesitamos instrumental; lo podemos hacer todo con nuestro dedo meñique —respondió Rochelle, orgullosa, antes de hacer una pausa para observar a la señorita Su Nami.

La empapada mujer, cuyo perfil recordaba bastante a un bote de basura lleno a rebosar, se bajó de la silla de un salto con gesto torpe y empezó a agitar los brazos. El hecho de permanecer sentada durante largos periodos de tiempo le producía encharcamiento y, en circunstancias excepcionales, inundaciones. Así, mientras un trol de cara fofa retiraba la bandeja de la mesa, la señorita Su Nami comenzó a sacudir el cuerpo agresivamente, moviendo todas las partes de su anatomía, desde los dedos de los pies hasta el cuero cabelludo. Por desgracia para el señor Muerte, para su almuerzo y para el trol, tales movimientos crearon una densa cortina de agua, aunque la señorita Su Nami no se dio por enterada, y menos aún se disculpó por su comportamiento.

—De acuerdo con el párrafo 7.9 del código ético de las gárgolas, una vez que una gárgola ha decidido prestar su ayuda, las acciones han de ser directas y eficaces —anunció Rochelle quien, a continuación, arrojó su servilleta sobre la mesa y se encaminó hacia el señor Muerte.

Aun cuando el recorrido de Rochelle no brilló por su elegancia,—pues la chica tendía a desplazarse con paso torpe cuando se alteraba— sí transmitía bien la intensidad de los sentimientos de la chica hacia el hombre atacado gravemente por la melancolía.

—*Bonjour,* monsieur Muerte. Me llamo Rochelle Goyle, soy una alumna nueva del instituto y vengo de Scaris.

—¿Scaris? Siempre he querido ir allí. Pasear a lo largo del río, comer queso fétido, incluso ponerme una boina.

—No estoy segura de que una boina le sentaría bien, pero creo que, sin lugar a dudas, le encantaría nuestro queso fétido —repuso Rochelle con su habitual pragmatismo.

—No me importa, la verdad. Nunca llegaré a ir a Scaris. Para el caso, más vale que lo añada ahora mismo a la lista —repuso el señor Muerte con un suspiro.

—*Pardonnez-moi?* ¿De qué lista me habla? —preguntó Rochelle.

—Pues de la lista de arrepentimientos. Consiste en un registro completo de todas las cosas de las que tengo la intención de arrepentirme profundamente antes de morir. Solo confío en que mi muerte no sea demasiado repentina: tengo mucho que revisar.

—Perdone la descortesía pero, ¿usted no está muerto ya?

—En teoría, así es. Pero estoy hablando de la muerte de mi alma.

—Pero esa es una pesada carga, monsieur Muerte.

—Me ocurre con mucha frecuencia —repuso el hombre con tono quejumbroso.

—De hecho, a mí también me ocurre; aunque por razones diferentes —expuso Rochelle, mientras bajaba la vista hacia su propio cuerpo, esbelto pero robusto—. Monsieur Muerte, me estaba preguntando si me permitiría renovar su vestuario y ayudarle así a dar un poco de vida a su aspecto. No es que sus pantalones marrones llenos de manchas o su suéter marrón con pelusas tengan nada malo, pero...

—A los alumnos del instituto no se les permite implicarse bajo ningún concepto en la vida privada de los profesores.

—¿Y eso se trata de una norma establecida, o más bien de una sugerencia? —se interesó Rochelle.

—No es una norma desde un punto de vista estricto, sólo algo que simplemente se da por aceptado. Y ahora, si me disculpas, debo volver a revolcarme en la autocompasión. Hoy apenas he tenido tiempo para hacerlo.

—Tengo el concepto de norma en una alta estima y, por tanto, establezco una clara división entre normas y sugerencias. Dado que no se trata de una norma en sentido riguroso, no estaríamos haciendo nada malo. Por lo tanto, insisto en que sigamos adelante.

—De acuerdo —murmuró el señor Muerte—, pero tendremos que dejarlo de inmediato si empiezas a contagiarte de mi mortal pesimismo. Al fin y al cabo, la tristeza y la juventud no hacen en absoluto buena pareja.

—Salta a la vista que hay muchas cosas de la juventud que usted no entiende —dijo Rochelle para sí misma. Luego, alargó su pequeña mano gris para que el señor Muerte la estrechara—. Le quiero pedir disculpas por la frialdad de mi piel. Es porque soy de granito.

—Te pido disculpas por mi personalidad. Es porque soy así.

CAPÍTULO
ocho

ientras la noche caía sobre Monster High, los murciélagos se despertaron, impacientes por cazar. Tras un día completo de descanso, no deseaban más que atracarse de insectos y arañas. Con las orejas de punta y la boca abierta, se lanzaban en picada por los pasillos aleteando con ferocidad.

En la segunda planta del ala este, los alumnos internos de Monster High se preparaban para irse a dormir. Blanche y Rose Van Sangre, fieles a sus raíces cíngaras, arrancaron las sábanas de sus respectivas camas y acamparon bajo un pino en el césped de la parte trasera. Los cabezas de calabaza, agotados tras una activa jornada de cantos y cuchicheos, ya estaban sumidos en un sueño profundo; sus ranas toro roncaban junto a ellos. Freddie Tres Cabezas dormitaba a ratos mientras leía tres ediciones diferentes de *Crisis en el Ogro Medio,* éxito de ventas según el diario *Las Ánimas Times.* Vudú, como de costumbre, contemplaba fotos de Frankie Stein al mismo tiempo que jugueteaba con las agujas que le atravesaban el cuerpo. Henry Jorobado estaba tumbado en la cama, diseccionando la exquisita belleza de la señorita Alada mientras que Cy rememoraba a cierta joven con tendencia a soltar vapor.

—¡Voy a entrar en ebullición! En serio, no me puedo acordar de un mejor día. Bueno, excepto por lo de olvidarme de Penny —dijo Robecca mientras dirigía la vista a su mascota pingüino que, en pijama, dormía a su lado—. ¡Menos mal que no es rencorosa!

—De hecho, estoy bastante segura de que sí lo es. Creo que por eso está siempre de mal humor —intervino Rochelle—. O acaso me da esa impresión porque, en comparación con Gargui, ¡todo el mundo parece malhumorado!

—¡Ay, Ñam! Cuidado con los dedos —dijo Venus con un chillido—. Por cierto, no sé si ya les he comentado, pero yo no dejaría a la vista ninguna clase de joyas. De vez en cuando, Ñamñam se ha tragado algún arete. Aunque no hay que preocuparse: eran de muy mala calidad. Por lo que se ve, prefiere el chapado en oro. Supongo que se digiere con más facilidad.

—Pues hablando de comer, ¡me he enterado de que los troles son vegetarianos! Así que no tenemos que preocuparnos porque nos vayan a devorar por llegar tarde —comentó Robecca mientras ahogaba un bostezo.

—Ayer tuve un encuentro de lo más extraño con ese trol, el de la clase del doctor Pezláez.

—Aún me cuesta creer que no te haya castigado —añadió Robecca.

—Estaba asustado por algo, pero no pude entender una sola palabra de lo que me dijo —explicó Venus mientras reproducía la situación mentalmente.

—Bueno, son unos troles bastante mayores. O quizá no llevan al corriente sus vacunas contra la rabia; el balbuceo incoherente es un síntoma de infección muy común. Decididamente, tendré que investigarlo —declaró Rochelle con firmeza antes de darse la vuelta para dormir.

El sol apenas había salido cuando Robecca saltó de la cama como si estuviera loca. Mientras recorría la habitación de un extremo a otro a toda velocidad, expulsaba por las orejas y la nariz bocanadas de vapor que le encrespaban el cabello al instante. Encajada firmemente bajo su brazo izquierdo estaba Penny, aún soñolienta y en pijama.

—¡Chispas chamusquizantes! ¿Qué hora es? ¿De qué me perdí? ¿Dónde está Penny? —balbuceaba Robecca, cuyo cerebro seguía a todas luces medio dormido.

—¡Robecca! *Qu'est-ce que tu fais?* ¡Son las seis y media de la mañana!

—¡Madre mía! Al despertarme, estaba convencida de que llevaba durmiendo la mitad del día.

—Ni siquiera llevas durmiendo la mitad de la mañana, así que, ¿por qué no vuelves a la cama? —propuso Venus, aturdida, desde debajo de las tiras de su antifaz para dormir, confeccionado con gasa egipcia de algodón orgánico.

—¡De eso nada, chulada! Entonces, llegaría tarde de todas todas. De esta manera, igual esta vez llego a tiempo, para variar. Chicas, creo que sacaré a Penny para un engrase de maquinaria mañanero y luego me reuniré con ustedes en la cafeterroría, dentro de una hora.

En el mismo segundo que la puerta se cerró con un portazo, Rochelle tuvo la intuición de que no volvería a ver a Robecca hasta pasada una eternidad. Y es que por mucho tiempo del que dispusiera Robecca, nunca sería bastante. Sencillamente no la habían programado para ser puntual. En fin, que si Rochelle no hubiera sido una gárgola juiciosa, se podría haber preguntado si el destino de Robecca consistiría en llegar tarde. ¿Sería posible que la vida de Robecca debiera ocurrir una o dos horas más tarde de lo programado?

Como era de esperar, dos horas después Robecca se había saltado tanto el desayuno como la asamblea matutina. De pie, en la parte delantera del vampiteatro, examinando a la multitud en busca de su compañera de cuarto desaparecida, Rochelle descubrió un rostro familiar teñido de tristeza.

—*Bonjour,* monsieur Muerte.

—Rochelle —murmuró él mientras mantenía los ojos pegados al suelo.

—¿Recogió el catálogo de Aberzombi & Kitsch que le dejé en su escritorio? Pensé que quizá le agradaría ver algunas tendencias de última moda.

—Me agradó recibir un regalo —respondió el señor Muerte con un suspiro—. Nunca me habían regalado nada.

Rochelle estaba sacudiendo la cabeza con desconsuelo cuando un alboroto que estalló a poca distancia captó su atención. Mientras salía de la cafeterrería, Deuce Gorgon había chocado contra un trol plagado de granos y ambos se cayeron al suelo. Sin pensarlo, o sin saber siquiera lo que estaba haciendo, Rochelle soltó su bolsa y, frenética, salió disparada en dirección a Deuce.

—¡Deuce! *Buu la la!* ¿Estás bien? —preguntó Rochelle con genuino afecto.

—Sí, creo que estoy de maravilla —respondió Deuce con una sonrisa. Luego, levantó la cabeza y clavó la vista en los ojos de Rochelle.

—Creo que tienes unos ojos verdes preciosos. Son absolutamente *vamptastique* —balbuceó Rochelle, envuelta en una neblina de enamoramiento—. Incluso hacen juego con las serpientes verdes de tu cabeza.

—¡Mis gafas! —exclamó Deuce con un chillido. Se tapó los ojos y empezó a palpar el suelo.

—Están aquí mismo —indicó Rochelle mientras las colocaba en la mano de Deuce.

—Tuve suerte de que hayas sido la primera persona que vi. Lo de convertir en piedra a la gente no gusta mucho por aquí.

—Creo que soy yo la que tiene suerte; es decir, por haberte mirado a los ojos —parloteó Rochelle—. Eres el hombre más guapo que he visto jamás, eso seguro. Si fuera tú, me pasaría el día entero frente al espejo.

De pronto, Venus lanzó el brazo alrededor de Rochelle e interrumpió la conversación sobre la belleza de Deuce.

—Hola, Deuce, a Rochelle le acaban de hacer una endodoncia, así que no tiene ni idea de lo que está diciendo. Justamente hoy mismo, hace un rato, le pidió a mi planta mascota que se casara con ella.

—No lo hice, para nada; pero estoy convencida de que Ñamñam se tragó mi reloj esta mañana. Se escuchaba un claro sonido de tictac que procedía de la maceta —declaró Rochelle mientras Venus intentaba tapar con sus vides la boca de su amiga.

—Bueno, creo que será mucho mejor que nos vayamos… —comenzó a murmurar Venus.

—No me imaginaba que las gárgolas pudieran tener caries —interpuso Deuce.

—Solo las gárgolas de Scaris —mintió Venus con tono poco convincente—. Me parece que es por… comer todo ese queso fétido. Mucha gente no se da cuenta, pero el queso fétido es lo peor para los dientes.

—Eso es empíricamente falso —declaró Rochelle tras liberar su boca de las vides—. El queso fétido no tiene ninguna consecuencia en la dentadura, en absoluto. Y, Deuce, estás en lo cierto: las gárgolas no tienen caries. Sin embargo, somos muy propensas a rechinar los dientes, motivo por el cual la mayoría de las gárgolas (incluida Gargui, mi mascota) utilizamos protectores nocturnos.

Entonces, a Deuce le entró un repentino ataque de risa.

—Chicas, son muy graciosas —declaró antes de marcharse.

—Gracias. Sí, todo esto no es más que material nuevo para nuestro número cómico —explicó Venus elevando la voz mientras Deuce se alejaba.

—No tenemos ningún número cómico. Y debería puntualizar que las gárgolas no son precisamente conocidas por su sentido del humor —corrigió Rochelle a Venus.

—¿Pero qué te pasa? ¡Yo intentaba ayudarte! ¿Te das cuenta siquiera de que le dijiste a Deuce que has tenido suerte por haberlo mirado a los ojos? ¿Que, si fueras él, te pasarías el día entero frente al espejo? ¡Es como si un personaje de telenovela te hubiera comido el cerebro! Y no un personaje de los buenos, sino uno de esos que dan vergüenza, que dicen cosas del tipo: «Te amo, Víctor Marcoplis, y te haré mío aunque eso acabe con mi vida», mientras miran directamente a la cámara.

—De niña, tus padres te dejaban ver demasiada televisión.

—O quizá los tuyos no te dejaban verla lo suficiente —contraatacó Venus mientras recomponía sus vides enmarañadas.

—Discutamos el asunto en otra ocasión. Vamos a llegar tarde a Cocina y Manualidades si seguimos esperando a Robecca.

—Creo que deberíamos reconsiderar mi idea de ponerle una correa a Robecca. Lo digo por su propio bien, en serio.

—No es una rana toro —repuso Rochelle, recordando de inmediato a las mascotas de los cabeza de calabaza.

—¿Te das cuenta de que las ranas toro no llevan correa, por lo general? Ese trío de cabezas de calabaza es de lo más extraño, nada más —explicó Venus mientras empezaban a recorrer el abarrotado pasillo, adentrándose de lleno en una oleada de emoción.

CAPÍTULO
nueve

La señorita Alada iba brincando cual gacela por el pasillo púrpura y verde. La joven europea de pies ligeros conducía una manada de troles, los cuales recordaban a pequeños dragones verdes y no superaban el tamaño medio de un gato doméstico. Se diría que la inusualmente exquisita señorita Alada se desplazaba en el aire, tan ligera y femenina, que ésta era su manera de caminar. Vestida de blanco de los pies a la cabeza con alta costura de Horrormés, la mujer iba flotando de alumno a alumno mientras les susurraba al oído. Y aunque nadie más podía oír lo que decía, debía de tratarse de algo muy profundo. La expresión de los alumnos se quedaba momentáneamente en blanco y después regresaba a la normalidad.

—¿Qué crees que les está susurrando la señorita Alada? —preguntó Venus a Rochelle mientras un racimo de cabezas de calabaza se estampaba contra ella en su persecución de la popular profesora.

—Aunque sólo sea una conjetura, es posible que les esté informando acerca de los dudosos registros de vacunación concedidos a los troles en Mordalia.

—*La señorita Alada es tan hermosa como una delicada mariposa* —cantaron con fuerte voz Sam, James y Marvin, los cabezas de calabaza, al presentarse ante su profesora.

—Oh, cabezas de calabaza —ronroneó la señorita Alada con su voz suave y áspera al mismo tiempo—. Es una lástima que no estén en mi clase. Realmente, deberían apuntarse a mi club extraescolar, la Liga Liga para el Avance de Monstruos Avispados. Hemos añadido una «liga» de más para que las siglas fueran

LLAMA —explicó la señorita Alada antes de inclinarse a susurrarles al oído.

Con una sonrisa que denotaba satisfacción consigo misma, la seductora mujer continuó su recorrido por el pasillo susurrando a todo el mundo, de Draculaura a Cleo de Nile, hasta que se encontró frente a frente con Rochelle. La señorita Alada se inclinó con lentitud, y al instante su perfume de rosas llevó a la memoria de la pequeña gárgola a Garrott y el increíble rosal que éste había creado en su honor. Sin embargo, justo cuando la mujer separó sus perfectos labios rosados para susurrar al oído de Rochelle, una voz atravesó el pasillo, provocando que la joven gárgola girara la cabeza con brusquedad.

—¡Madre mía! ¡Vuelvo a llegar tarde! —la voz de Robecca hizo eco por todo el pasillo.

—Ha vueeelto —dijo Venus arrastrando las palabras, y la señorita Alada prosiguió su camino y se dirigió hacia Ghoulia Yelps.

—¡Tornillos! ¡No tengo ni idea de qué me pasó! —exclamó Robecca con un grito mientras atravesaba el atestado pasillo en dirección a Venus y Rochelle.

Como siempre parecía ocurrir, Robecca, soltando vapor a lo loco, se estampó contra Cy Clops entre la muchedumbre de alumnos. Por desgracia, sus placas de metal aún estaban abrasando, por lo que la colisión fue bastante dolorosa para el chico de un solo ojo.

—¡Ay!

—¡Lo siento! —se disculpó Robecca a gritos.

—¡Silencio en el pasillo! ¡Silencio! —vociferó un trol.

—¡Pero es que llego tarde! ¡Seguro que eso es peor que hablar alto! —protestó Robecca.

—Ir a clase o yo comerte —replicó el trol, indignado.

—Vamos, no exageres. Sé que eres vegetariano —contraatacó Robecca.

—¡Oye! Yo soy una planta —repuso Venus mientras tiraba de Robecca para alejarla—. Date prisa o nos perderemos Cocina y Manualidades.

—*Je ne comprends pas!* ¿Por qué siempre llegas tarde? —preguntó a Robecca una desconcertada Rochelle.

—Madre mía, lo he pensado muchas veces, aunque aún no estoy segura de conocer la respuesta. Lo mejor que se me ocurre es que me clavo tanto con las cosas que se me olvida todo lo demás y luego, como si fuera un rayo, me ataca una sensación. Y sé que llego tarde, pero no sé a qué, porque no tengo ni idea de la hora que es.

—Pero si llevas reloj. De hecho, llevas varios —replicó Rochelle.

—Sí, pero no funcionan. El vapor destroza los relojes. Sólo me los pongo porque me parecen terroríficamente elegantes.

—Bueno. Por lo menos *tienes* reloj —dijo Rochelle mientras le dirigía a Venus una mirada cómplice.

—Bienvenidos a la clase de Cocina —anunció la señora Atiborraniños, impaciente, mientras paseaba la vista por el aula—. ¡Qué visión tan triste! Todos están en los huesos —declaró la vieja y esquelética bruja, ataviada con un vestido de retazos multicolores y un pañuelo en la cabeza—. Bueno, pues tienen suerte porque hoy vamos a cocinar un estofado delicioso, una de las recetas para dragones más famosa: sopa de lengua crujiente. Y antes de que pregunten: no, ¡la lengua no forma parte de los ingredientes! Ay, hola, querida Robecca.

—Disculpe, señora Atiborraniños, pero ya que ninguno de nosotros es un dragón, ¿no tendría más sentido cocinar otra cosa? —preguntó Venus con cierta expresión de repugnancia.

—Disculpa, niña. ¡En ningún momento he dicho que haya que ser un lanzallamas para disfrutar el plato! Pero sí, claro, esta sopa les resulta irresistible a los dragones —replicó la mujer con brusquedad mientras sacaba una enorme olla de debajo de la barra y abría su gigantesco libro de cocina, encuadernado en piel.

El proceso de elaboración de la sopa de lengua crujiente resultó ser bastante complicado o, al menos, así lo daba a entender la señora Atiborraniños, quien soltaba un gruñido cada vez que alguien formulaba una pregunta o se equivocaba al medir un ingrediente. Mientras Robecca añadía orégano brujo a su cazuela, Cy vigilaba cada uno de sus movimientos. Estaba sentado justo a espaldas de ella para poder verla con la mayor facilidad posible, pues como todos los cíclopes, tenía problemas con la visión periférica y la percepción de la profundidad.

—¿Sabes? Puede que yo tenga la cabeza delante del ombligo, pero hasta yo mismo veo que esa vaporeta te gusta —le dijo Henry Jorobado a Cy en plan de broma.

—No sé de qué me hablas —repuso Cy con tono desdeñoso antes de volver a clavar el ojo en su olla burbujeante—. Y no la llames vaporeta; su nombre es Robecca.

—Concluyo mi alegato —expresó Henry con una risa inocente.

A medida que se acercaba el final de la clase, la señora Atiborraniños probó el trabajo de todos los alumnos antes de revelar que Freddie Tres Cabezas era quien había elaborado la receta con mayor éxito. Y aunque nadie lo dijo en voz alta, fueron varios los alumnos que opinaban que el chico contaba con una ventaja injusta, al considerar que tenía dos cerebros más que cualquier monstruo corriente.

—Estoy muy impresionada, Freddie Tres Cabezas —dijo con sinceridad la señora Atiborraniños—. Le serviría esta sopa a los dragones más distinguidos que conozco.

—*Merci beaucoup*, gracias, *grazie* —respondió Freddie Tres Cabezas con evidente orgullo.

Tras dejar a un lado sus respectivos cucharones, los tres cabezas de calabaza comenzaron de inmediato a repartir folletos de la Liga Liga para el Avance de Monstruos Avispados al tiempo que cantaban indiscreta y desafinadamente los chismes que habían escuchado en el pasillo.

—*Frankie Stein opina que la LLAMA es divina. Y Cleo ha advertido que el club es divertido.*

—¿James? —preguntó Rochelle al cabeza de calabaza—. ¿Qué hacen exactamente en ese club?

—*Saltamos, cantamos y al avance de los monstruos ayudamos* —cantó en respuesta el cabeza de calabaza con tono monocorde.

—No quiero ser grosera, pero eso suena terriblemente impreciso. ¿Podrías especificar un poco?

—*Si ponemos a los monstruos primero, el mundo ya no será un atolladero. Y ahora, con tu permiso, o bebo agua o me muero.*

—Eso no tiene sentido —murmuró Venus a Rochelle—. Bueno, excepto por lo del agua. Un riego a fondo no me vendría nada mal.

Más adelante aquella misma tarde, mucho después de que las clases habían terminado, Rochelle convocó una reunión importantísima en la habitación que compartía con sus amigas.

—*Je suis tellement excitée* —dijo Rochelle mientras Gargui jugueteaba a sus pies—. ¿Están preparadas?

—¡Estoy tan contenta por estar aquí que me explotan los circuitos! —exclamó Robecca mientras sujetaba en alto una pañoleta de seda que le unía el brazo derecho al brazo izquierdo de Venus.

—Tenía el presentimiento de que la correa te encantaría en cuanto te acostumbraras —dijo Venus con orgullo.

—Desde luego que sí, y a Penny también le encanta —respondió Robecca mientras bajaba la vista hacia el pingüino cascarrabias que tenía por mascota, ahora amarrada a su bota izquierda.

—Confío de veras en que les guste, chicas y, al mismo tiempo, que le guste a monsieur Muerte —dijo Rochelle con una sonrisa emocionada. Acto seguido, la joven gárgola sacó de detrás de la espalda un fibroso revoltijo amarillo—. *Et voilà!*

—¿Es un sombrero? —preguntó Venus con toda seriedad.

—¿Qué? No, es un traje. ¿Es que no lo ves?

—Bueno, lo que veo con claridad es que lo confeccionaste tú misma —terció Venus.

—Quería que fuera *très monsterfique,* algo verdaderamente especial —explicó Rochelle.

—Bueno, supongo que depende de lo que entiendas por «especial» —replicó Robecca con diplomacia.

—*Zut!* ¿Tan mala impresión les da? —preguntó Rochelle con evidente desilusión.

—Es como si una manada de gatos salvajes lo hubiera hecho pedazos—declaró Venus sin rodeos.

—Venus —saltó Robecca—, ¿no te estás pasando un poco?

—No, tiene razón. Cada vez que lo tocaba, las garras hacían un enganchón, y luego otro, y otro más. Antes de que me diera cuenta, ¡había desperdiciado doce metros de tela para hacer esto!

—Querida Rochelle, ¿por qué no nos pediste ayuda? —preguntó Robecca con dulzura.

—El párrafo 3.5 del código ético de las gárgolas establece: «No pedirás a otros que hagan lo que puedas hacer por ti mismo».

—Pero es que *no* lo puedes hacer por ti misma. Eso salta a la vista —señaló Venus—. En serio, ¡lo que le has hecho a esa pobre e indefensa pieza de tela es catastrófico!

Rochelle, realmente avergonzada, agachó la cabeza; le parecía imposible haber pensado que sería capaz de llevar a cabo aquella labor con éxito.

—No te pongas tan triste. Por si se te ha olvidado, tenemos como compañera de instituto a una de las mejores costureras de Oregón.

—Venus, sé coser un par de botones, pero los remaches se me dan mejor —aclaró Robecca.

—¡No me refiero a ti, Robecca! Estoy hablando de Frankie Stein. Se cose los miembros del cuerpo ella sola. Estoy segura de que se las arregla perfectamente con un traje.

—¿De verdad lo haría? —se cuestionó Rochelle en voz alta.

—Preguntar no hace daño a nadie —respondió Robecca con una sonrisa.

—Eso no es exactamente cierto. De hecho, preguntar hace daño algunas veces. Si quieres, te puedo dar múltiples ejemplos —puntualizó Rochelle.

—No creo que sea necesario. Venga, monstruitas, recojan sus cosas, tenemos que encontrar a una monstrua de color verde —anunció Venus mientras abría la puerta.

—Pero las clases ya terminaron —dijo Robecca.

Venus sonrió.

—Sí, y por eso mismo nos vamos al centro de Salem.

Mientras el trío recorría el pasillo de la residencia, Rochelle percibió una baja en la calidad de la exquisita cortina de tela de araña.

Cuando se detuvo para echar un vistazo a los arácnidos, se fijó en que al menos la mitad de aquellas criaturas del tamaño de una moneda se había esfumado.

—¿Qué miras? —preguntó Robecca a Rochelle.

—Las arañas. Parece que muchas han desaparecido.

—Puede que se hayan ido de vacaciones —interpuso Venus con rapidez, con demasiada rapidez para el gusto de Rochelle.

—Venus, ¿has dejado a Ñamñam suelta sola por el pasillo? —preguntó Rochelle con tono acusador.

—No tengo ni idea de qué estás hablando —disimuló Venus con escaso éxito antes de bajar corriendo apresuradamente por la escalera de color rosa.

Al llegar al pasillo principal, Robecca se encontró con una imagen familiar: Cy Clops. No pudo evitar darse cuenta de que el chico estaba absolutamente en todas partes.

Es más, ¡lo veía casi con más frecuencia que a Venus y Rochelle, y eso que compartía habitación con ellas!

A medida que el grupo de tres se dirigía hacia la entrada principal, Robecca preguntó como sin darle importancia:

—¿Se han fijado que ese chico, Cy Clops, anda siempre por ahí?

—Bueno, vive en la residencia, como nosotras —repuso Venus con una pizca de sarcasmo mientras abría la gigantesca puerta.

El centro de la ciudad se encontraba a diez minutos a pie del recinto de Monster High.

La pintoresca y encantadora villa de Salem tenía las dos cosas que los adolescentes más necesitaban y estimaban: un antro comercial y una cafetería de la cadena Stacabucks, que servía los licuados más deliciosos.

Rochelle, Venus y Robecca iniciaron su búsqueda de Frankie en el antro comercial, registrando cada tienda por la que pasaban en busca de la mínima señal del color verde.

Y aunque las tres amigas estaban totalmente concentradas en encontrar a Frankie, se dieron un breve respiro para comprobar las últimas tendencias en moda de Transilvania's Secret. Rochelle, que nunca antes había estado en Transilvania's Secret, quedó impresionada por la moda vanguardista e hizo una nota mental para regresar una vez que la misión con el señor Muerte hubiera sido completada.

Tras registrar hasta el último centímetro del antro comercial —incluido el Sótano de Saldos Salvajes, establecimiento al que la moda iba a morir—, se encaminaron al Café Ataúd.

Y antes de que siquiera hubieran abierto la puerta de doble hoja de la cafetería, percibieron el suave olor a perfume de rosas. Sólo podía tratarse de una cosa o, mejor dicho, de una persona.

Recibiendo en audiencia dentro del café de estilo gótico, entre un mar de alumnos, se encontraba nada más y nada menos que la señorita Alada. Tras reconocer al trío de amigas de inmediato, la delicada mujer se levantó de una pequeña silla de terciopelo negro y se acercó brincando para saludarlas.

—Hola, bienvenidas a mi guarida —canturreó la señorita Alada.

—Y yo que pensaba que esto era una cafetería —bromeó Venus.

—Oh, lo es. Pero los dragones salvajes viven en guaridas, de modo que me gusta pensar que todas las estancias en las que me encuentro son una guarida. Es bastante triste ver a los pocos dragones con libertad que quedan en el mundo, y éstos suelen habitar en zonas muy poco favorables a los monstruos, como Los Draculángeles o Atlantaúd.

—Es verdad —afirmó Rochelle—. Los monstruos son propensos a marearse en los coches y, por tanto, las ciudades con mucho tráfico no les sientan bien.

—¿Han venido a apuntarse a LLAMA? —preguntó la señorita Alada mientras se inclinaba para susurrar al oído de Robecca.

—Madre mía, nunca me han gustado mucho los susurros. Suelen hacerme cosquillas en los oídos. Además, mi padre siempre dice que la gente sólo susurra lo que, para empezar, jamás debería decir —declaró Robecca. Dicho esto, se apartó, dejando a la señorita Alada un tanto estupefacta.

—No es que Robecca piense que usted lo está haciendo —trató de explicar Venus—. ¡Hey, miren! Ahí está Frankie Stein. Deberíamos ir a hablar con ella ahora, o nos perderemos la cena.

—Desde luego; pero, por favor, les pido que no se olviden de apuntarse a LLAMA. Las necesitamos —dijo por lo bajo la señorita Alada y, luego, se quedó mirando fijamente a los ojos de cada una de las chicas.

—Siempre me ha encantado apuntarme a clubes aunque, la verdad sea dicha, suelen ser clubes de lectura. ¿Qué hace LLAMA, exactamente? —preguntó Robecca con interés.

—Ayudamos a los monstruos a encontrar su legítimo lugar en el mundo de los normis —declaró con solemnidad la señorita Alada.

—Por favor, madame, discúlpenos, pero estamos llevando a cabo una misión muy importante —explicó Rochelle mientras tiraba de Robecca para llevársela.

El trío se dirigió derecho a Frankie Stein mientras la señorita Alada observaba todos y cada uno de sus movimientos.

culta en un rincón de la cafetería, justo detrás de Freddie Tres Cabezas, se encontraba la deliciosamente verde Frankie Stein. Sin embargo, en lugar de exhibir su sonrisa cálida habitual, la chica se mostraba más bien seria, se diría que incluso melancólica.

Este evidente cambio de expresión no ayudó a calmar los nervios de Rochelle en cuanto a pedirle un favor.

—*Pardonnez-moi,* Frankie. No quisiera abusar de tu tiempo, sobre todo cuando estás... eh, una cosa, ¿qué hace todo el mundo aquí, exactamente?

—Estamos absorbiendo el aura de la señorita Alada, claro está —repuso Frankie con voz monocorde, como si fuera la respuesta más evidente del mundo.

—Ah, en fin, no quisiera interrumpir, desde luego, pero me preguntaba si podría pedirte algo.

—La señorita Alada dice que la pregunta de un monstruo es la respuesta de otro monstruo —declaró Frankie como una autómata, como si recitara una frase de un guión.

—No deseo aburrirte con los detalles del código ético de las gárgolas, pero no somos partidarias de pedir favores a menos que sea absolutamente necesario. Por lo tanto, teniendo esto en mente, me presento hoy después de haber intentado y fracasado en este empeño con mis propias dos manos —declaró Rochelle con seriedad mientras Venus y Robecca se divertían de lo lindo a su costa.

—Rochelle, no dramatices tanto —murmuró Venus en voz baja—. Va a pensar que le estás pidiendo un riñón.

—Las gárgolas no tienen riñones —corrigió Rochelle a Venus.

—Creo que Venus se refiere a que no hay por qué ponerse tan solemne —dijo Robecca entre risas.

Entonces, Rochelle volvió la vista rápidamente a la chica verde.

—Frankie Stein, ahora iré al grano. Necesito tu ayuda para coser una cosa. Verás, tengo estas garras afiladas que se enganchan en todo lo que toco. Y, como sabes, coser sin tocar la tela es terriblemente laborioso.

—La señorita Alada dice que no hay misión más admirable que ayudar a los monstruos a progresar, sobre todo en este mundo que tanto ofrece a los normis —declaró Frankie con tono mecánico.

—¿Quiere decir que lo harás? —interrumpió Venus, a todas luces perpleja por el extraño comportamiento de la chica.

—Por supuesto que sí. ¿Qué hay que coser?

—¿Sabes guardar un secreto? —preguntó Rochelle con seriedad.

—La señorita Alada dice que el secreto de un monstruo es el secreto de todos los monstruos.

—¿Quién iba a decir que la señorita Alada era tan digna de ser citada? —comentó Venus a Robecca.

—Se trata de un traje nuevo para monsieur Muerte. Tengo la esperanza de que tras unas cuantas transformaciones en el aspecto exterior pueda conseguirle una cita. Ese hombre necesita urgentemente un poco de felicidad.

—Es muy amable de tu parte, desde luego —replicó Frankie con voz monótona y carente de emoción—. Y dado que se trata de una ocasión especial, conseguiré la ayuda de Clawdeen Wolf. Al fin y al cabo, es una diseñadora con mucho talento.

—¡Sería *vamptastique!* —exclamó Rochelle mientras, entusiasmada, juntaba sus manos de piedra.

De vuelta al instituto y de camino a la cena, Rochelle y sus compañeras de habitación se detuvieron un momento en la oficina de correos, donde las tres chicas revisaron sus respectivos casilleros con forma de pequeñas criptas en busca de novedades. Para gran alegría de Venus, tenía una pila de cartas de sus hermanos menores, todas fielmente escritas en papel reciclado. Siempre una amiga servicial, Robecca abrió rápidamente las cartas de Venus mientras Rochelle contemplaba su cripta vacía. Aún no había recibido ni una sola carta de Garrott. Se preguntó si quizá se habría enamorado de otra gárgola, acaso con un toque más delicado. Y aunque triste ante la sola idea de perder a Garrott, la falta de correspondencia de su parte también aliviaba el cargo de conciencia que a Rochelle le daba haberse encaprichado con Deuce. Desde el momento en que le vio los ojos, ¡era incapaz de dejar de pensar en él!

Ante la insistencia de Rochelle, el trío se unió al señor Muerte —el profesor de guardia— para cenar en la cafeterrería. Mientras degustaban el puré de papas con salsa de formol, Rochelle, Robecca y Venus hicieron todo lo posible por entablar una conversación intranscendente con el malhumorado profesor.

—Monsieur Muerte, ¿de dónde es usted? —preguntó Rochelle entre bocado y bocado.

—De una tierra con nubes grises y almas negras —gruñó él mientras, desanimado, bajaba la vista a su comida.

—Suena a un sitio súper divertido—repuso Venus con tono seco.

—¿Lleva mucho tiempo en Monster High? —intervino Robecca.

—Quién sabe. Ni siquiera me acuerdo de cuánto tiempo llevo muerto —gimió el señor Muerte, luego, bajó la vista a la comida de Rochelle—. ¿No te vas a terminar tu salsa de formol?

—No me gusta el formol y tampoco lo necesito, ya que estoy hecha de piedra.

—Debe ser agradable estar hecho de piedra. Los huesos suelen ser quebradizos, se rompen con facilidad —repuso el señor Muerte con un suspiro de proporciones épicas.

Al día siguiente, a petición de Frankie, Venus, Robecca y Rochelle se encaminaron hacia el aula de la señorita Alada a la hora del almuerzo. Pequeñas jaulas doradas que contenían un dragón en miniatura o un lagarto bordeaban las paredes de la clase. El susurro de dragones era una técnica ancestral basada en la idea de que al alcanzar cierta octava, uno podía hipnotizar a un dragón para someterlo. Pero debido a que resultaba más bien peligroso, los profesores solían iniciar a los alumnos con lagartos para minimizar el riesgo de quemaduras en la piel o pelaje carbonizado.

—Bueno, al menos los troles se portan bien con *alguien* —observó Venus mientras contemplaba cómo dos bestias grasientas cepillaban los dientes a un dragón en miniatura, pues las bocanadas de fuego a menudo dejaban en la boca una capa de residuos ahumados.

—Aún me cuesta creer que Clawdeen y Frankie hayan terminado el traje en veinticuatro horas —comentó Rochelle, sinceramente impresionada.

—Sobre todo porque tú tardaste casi cuarenta y ocho en destrozar la tela —apuntó Robecca justo antes de darse cuenta cómo sonaba el comentario—. Un momento, no me expresé bien.

—*Buu la la!* ¡Es fabuespantoso! —gritó Rochelle al ver que Clawdeen y Frankie se acercaban con su creación: un deslumbrante traje verde duende con puntadas color plata.

—Es vampitástico total —secundó Venus mientras Frankie y Clawdeen colocaban en alto la hermosa prenda.

—*Merci beaucoup!* Es perfecto —declaró Rochelle con entusiasmo mientras, encantada, juntaba las manos. Y aunque anhelaba pasar sus delgados dedos grises por el traje para notar el tacto del tejido, no se atrevió; después de lo que había ocurrido la última vez, no.

—La señorita Alada dice que la belleza del traje se encuentra en nuestra propia belleza. Ese es nuestro talento —pronunció Clawdeen de una manera alarmantemente seria y monótona.

—¿Ya tuvieron oportunidad de apuntarse a LLAMA? —exigió Frankie sin rodeos.

—No, pero tenemos la intención de apuntarnos esta tarde —mintió Venus de manera poco convincente—. Hemos estado tan ocupadas con este asunto del señor Muerte y con las tareas que no hemos tenido tiempo.

—La señorita Alada tiene una idea en relación al asunto del señor Muerte —declaró Frankie mientras miraba a Rochelle directamente a los ojos—. Quiere que organicemos una cita para los dos.

—Sin ánimo de ofender a Rochelle y su querido proyecto, la señorita Alada es guapísima —repuso Venus con franqueza—. ¿De verdad le gustaría tener una cita con un tipo esquelético que sufre de depresión?

—La señorita Alada dice que siempre se debe empezar por el corazón de un monstruo —afirmó Clawdeen con tono autoritario.

—Chicas, debe mantenerlas muy ocupadas memorizando todo lo que dice —gruñó Venus con sarcasmo.

Justo en ese momento la señorita Alada entró en el aula con paso airoso, trayendo consigo una embriagadora oleada de perfume de rosas.

—Hola de nuevo —saludó con suavidad—. ¿Las monstruitas les han comentado mi idea?

—Sí, así es. Y debo decir que estoy entusiasmada —declaró Rochelle—. ¡Una cita es justo lo que monsieur Muerte necesita!

—Pero ¿qué me dicen de ustedes? ¿Qué necesitas tú, Rochelle? —preguntó la señorita Alada mientras se inclinaba hacia delante, situando en primer plano sus rasgos impecables.

—No necesito nada, señorita Alada; pero gracias por preguntar.

—El mundo no ha sido construido para nosotros; ha sido construido para los normis. Por eso confío en que se apunten a LLAMA lo antes posible.

—No sé si nos conviene hacernos socias de LLAMA. A ver, con acabar los deberes y seguir la pista a nuestras mascotas ya tenemos pruebas de fuego más que suficientes —bromeó Venus.

—Un monstruo no puede conquistar el mundo sin el apoyo de otros monstruos.

—Es verdad, pero para eso ya tengo a estas dos —repuso Venus, incómoda, mientras señalaba a Rochelle y Robecca.

La señorita Alada clavó en Venus una gélida mirada cuya intensidad experimentaba un crecimiento exponencial con el paso de los segundos.

—Qué aretes tan bonitos traes. ¿Puedo mirarlos más de cerca? —preguntó a Venus la señorita Alada, lo que provocó que a la chica se le pusieran las hojas de punta, si bien no sabía por qué.

—Mmm, claro que sí. Pero no son nada del otro mundo. Ni siquiera es oro de verdad. De hecho, podrían ser de plástico.

Mientras la señorita Alada se inclinaba para acercarse, sin dejar de mirar a Venus a los ojos, una repentina explosión de agua inundó el aula. La directora Sangriéntez, acompañada por la señorita Su Nami, se aproximaba a toda velocidad.

—Señorita Alada, lamento muchísimo mi ausencia de ayer; pero, verá, dejé la cabeza en el laberinto y la señorita Su Nami tardó siglos en encontrarla.

Mientras la directora hablaba, Venus, Rochelle y Robecca salieron a toda prisa de la clase, dejando a la señorita Alada visiblemente molesta.

CAPÍTULO
once

el doctor Pezláez era un hombre de lo más extraño; eso no se podía negar. A fin de cuentas, en cierta ocasión había fingido que fumaba una pipa elaborada con queso. Pero aquel día en particular, su actitud resultaba manifiestamente estrafalaria.

—A partir de este momento, dejaremos de leer *El mago de Ogroz.* Me he enterado de que la novela contiene mensajes subliminales en contra de los monstruos, que me niego a consentir o propagar. En su lugar, ahora leeremos *Normi contra monstruo,* uno de los libros más importantes jamás escritos sobre la opresión de los monstruos —declaró el doctor Pezláez con una voz apagada y carente de emoción nada característica en él.

—*Pardonnez-moi,* pero *Normi contra monstruo* ni siquiera aparece en el plan de estudios. Lo sé porque siempre llevo conmigo una fotocopia plastificada —explicó Rochelle con seriedad.

—Para que las futuras generaciones de monstruos triunfen, deben conocer las batallas libradas por la generación anterior.

—¿De dónde ha sacado eso? —preguntó Venus—. ¿De *Don Quijote de la mancha de sangre?*

—No, esas sabias palabras proceden de nuestra propia Silfidia Alada —respondió el doctor Pezláez con tono distante.

—Uggh, usted también, ¡no! —murmuró Venus para sí misma.

—La señorita Alada es absolutamente genial —añadió Lagoona Blue mientras el doctor Pezláez comenzaba a entregar los libros nuevos.

—Confío en que Jackson Jekyll no se entere de nuestro material de lectura —gruñó Venus—. Es un normi, ¿verdad?

Robecca, consternada, negó con la cabeza mientras tomaba uno de los libros nuevos.

En cuanto sonó el timbre, Rochelle agarró su mochila y salió disparada hacia la puerta. Siempre en busca de la excelencia, la joven gárgola confiaba en encontrar un rincón tranquilo para adelantarse con *Normi contra monstruo* durante la hora de estudio.

—¡Hey, espera! —exclamó Deuce mientras Rochelle salía como una flecha de la biblioterroreca.

Al escuchar su voz, Rochelle se quedó inmóvil al instante. Y aunque pensó que seguramente llamaba a otra persona, no pudo evitar darse la vuelta. Vestido con *jeans* descoloridos y camiseta negra, daba una imagen relajada pero a la última moda.

—Deuce —dijo Rochelle en voz baja mientras notaba mariposas en su estómago. No había experimentado un sentimiento así desde los primeros días de su noviazgo con Garrott.

—¿Tienes un minuto? Necesito hablar con alguien —explicó Deuce mientras, con nerviosismo, miraba alrededor en busca de alguna señal de Cleo.

—Pues claro —respondió Rochelle, a punto de desmayarse mientras sus mejillas grises ardían.

—Pero aquí no. Es, no sé… algo delicado.

—Siento la obligación de recordarte que las gárgolas son propensas a romper objetos delicados. De modo que si se trata de una pieza de cristal o de cerámica, sugiero que acudas a otra persona.

—No es delicado en ese sentido —aclaró Deuce entre risas—. Vamos. Sígueme antes de que nos vea Cleo.

Rochelle notó que su corazón de piedra estaba a punto de salirse del pecho ante el simple pensamiento de estar a solas con Deuce. Era consciente de que no debía emocionarse pero, sencillamente, no lo podía evitar. Mientras lo seguía, sus pequeños y duros pies se transformaron en nubes blandas y ligeras que flotaban sobre el suelo. En efecto, ¡casi iba danzando cuando se sentaron a la mesa rosa fluorescente y con forma de calavera de la cueva de estudio!

—Siempre se me olvida lo agradable que es mirar a alguien a los ojos —comentó Deuce mientras se quitaba las gafas de sol, dejando a la vista su hermoso semblante.

—Sí, estoy de acuerdo —repuso Rochelle con entusiasmo—. Bueno, ¿de qué querías hablar conmigo? ¿Es que Cleo y tú necesitan ayuda en la organización de la campaña del Rey y la Reina del Alarido para el baile de los Fenecidos Agradecidos? Estoy segura de que ganarán, chicos; al fin y al cabo, ya tienen el título… Perdona, estoy divagando. ¿Qué decías que querías comentar?

—¿Por casualidad has visto el artículo de Spectra en *La Gaceta Macabra* de hoy?

—¿Sobre los vientos de cambio que soplan en Monster High? Debo decir que era demasiado poético para mis preferencias periodísticas pero sí, lo leí.

—Escribió algo acerca de cómo la personalidad de los alumnos iba cambiando y desarrollándose y, no sé, me dio en qué pensar. Últimamente, algo raro pasa en Monster High. Al principio pensé que sólo era Cleo; se ha vuelto muy distante, muy preocupada, y no precisamente por la moda o su peinado. De hecho, ya ni siquiera le importa lo que se pone, lo que es una locura. Pero luego, me fijé que otras personas también hacían cosas extrañas. Y esa voz que tienen… Se ha vuelto apagada, casi como la de un robot. Sé que suena absurdo, pero tengo una corazonada. Aquí pasa algo. En todo caso, quería saber si tú lo has notado.

—¿Puedo preguntarte por qué has acudido a mí con semejante preocupación? Al fin y al cabo, apenas me conoces.

—Ustedes las gárgolas son sinceras y honestas. Dicen las cosas tal como son. Es difícil encontrar esa cualidad, créeme —Deuce le clavó la mirada—. Bueno, ¿has notado algo?

—¿Aparte de tus increíbles ojos verdes? —balbuceó Rochelle, aunque inmediatamente logró controlarse—. Sí, es verdad, supongo que la gente está haciendo cosas raras; pero somos monstruos... ¿No hacemos siempre cosas raras?

—Sabias palabras, gárgola; sabias palabras.

Rochelle no pudo evitar sonrojarse al oír cómo Deuce la llamaba «gárgola» de una manera tan afectuosa. Parecía un mote, o un chiste privado, testimonio de una conexión, por endeble que fuera, entre ambos. Camino de regreso a la residencia, reprodujo en su mente una y otra vez la manera en que Deuce la había llamado «gárgola». Y aunque tan solo estaba recordando el sonido de su voz, la fría piel de granito de Rochelle se volvía cálida cada vez que lo escuchaba.

Puesto que Deuce acaparaba todos sus pensamientos, Rochelle no podría haber sentido a Garrott más lejano. Pero entonces, en el pasillo de la residencia divisó a un zombi que aguardaba junto a la puerta de la cámara de Masacre y Lacre. Y no se trataba de un viejo zombi cualquiera, no. ¡Era un zombi de La Quimera Mensajera! Sólo existía una posible deducción: ¡Garrott tenía que haberle enviado algo! La oleada de culpabilidad que sintió fue repentina, agobiante, y le absorbió hasta la última gota de aire de los pulmones de tal manera que se convenció de que se desmoronaría hasta convertirse en polvo, sin más.

—¿*Grrrlllll Stllll?* —murmuró el zombi sin ninguna coherencia.

—Sí, soy yo —dijo Rochelle tragando saliva con aire culpable mientras firmaba la recepción del envío tras haber reconocido la hermosa caligrafía de Garrott.

Desbordada por la emoción e incapaz de hacer frente a sus compañeras de cuarto, Rochelle salió corriendo por el pasillo hasta la sala de estar y de inmediato se hundió en un charco de lágrimas. Cuando una gárgola llora, las lágrimas se dispersan, formando literalmente un charco alrededor de los pies. Y aunque esta manera de llorar protege el granito de una erosión innecesaria, también suele echar todo a perder.

En un esfuerzo por no anegar la estancia, Rochelle sacó la cabeza por la ventana mientras seguía atacada por el llanto. No era la postura más cómoda a la hora de derramar lágrimas, pero resultaba mucho más limpia que llorar al interior. Siempre una gárgola sensata, pensaba en cosas semejantes incluso en mitad de una crisis emocional. Y aunque Rochelle consideraba lógica su decisión de sacar el cuerpo por la ventana, Venus quedó algo más que conmocionada al encontrar a su compañera de habitación en una postura tan peculiar.

—Me lo tomaré como una señal de que has pasado demasiado tiempo con el señor Muerte —anunció

Venus mientras tiraba de Rochelle para volver a meterla en la sala.

—No pensaba saltar —explicó Rochelle entre sollozos—. Es que no quería echarlo todo a perder.

—Aunque no puedo menos que elogiar tu recolocación de las lágrimas, respetuosa con el medio ambiente, no creo que sea muy prudente que una criatura hecha de piedra maciza saque el cuerpo por la ventana —dijo Venus mientras daba palmaditas en una silla cercana—. Ven, siéntate y dime qué te pasa.

—No hay por qué preocuparse, no me habría caído —comentó Rochelle mientras se acomodaba en una silla cubierta de gasa egipcia—. ¡Venus! ¡Ay, Venus! No quisiera abrumarte con mis problemas.

—A ver, somos amigas, y eso es lo que hacen las amigas. Así que, a ver, suéltalo.

—¡Soy una gárgola horrible! ¡Deberían expulsarme de la asociación de gárgolas y triturarme hasta convertirme en gravilla! —gimió Rochelle.

—Aunque acepto sin reservas que pudiera existir una asociación de gárgolas (dado que a ustedes les encantan las normas, ya sea hablar de ellas o inventarlas) de ninguna manera te convertirían en gravilla —le aseguró Venus—. Vamos, cuéntame, ¿qué pasó?

—¡Garrott me envió un sobre urgente por La Quimera Mensajera! —consiguió articular antes de volver a sumirse en un baño de lágrimas.

—¿Era una carta o una tarjeta? ¿Te decepcionó que no se limitara a escribirte un correo electrónico para ahorrarse la mayúscula huella de carbono que supone utilizar a un zombi? —preguntó Venus—. Espera, me parece que me estoy desviando del tema. ¿Qué había en el sobre de La Quimera Mensajera?

—No sé. ¡No lo he abierto! ¡Me siento culpable! Garrott me envía cartas desde Scaris, ¿y yo? ¡sueño con Deuce!

Venus agarró el sobre de gran tamaño y lo abrió de un tirón. Sacó una única hoja de papel rosa y se puso a leer despacio para sí misma.

—¿Qué prefieres antes, la buena noticia o la mala? —preguntó a Rochelle.

—¿Perdona?

—Bueno, empecemos por la mala. Es mejor terminar de forma positiva —afirmó Venus quien, acto seguido, se aclaró la garganta con gesto teatral—. Es un poema de amor.

Rochelle sacudió la cabeza, atormentada por la culpa.

—Pero ahí va la buena noticia: no es muy bueno.

—¿Y por qué iba a ser una buena noticia? —se preguntó Rochelle en voz alta.

—¿Hola? Porque demuestra que ninguno de ustedes dos es perfecto. Tú podrás estar un poco volada por Deuce (junto con la mitad de las monstruas de Monster High), pero Garrott escribe poemas de amor súper aburridos y poco originales —dijo Venus mientras se alejaba con la hoja de papel.

—¡Espera! ¿Qué haces?

—La llevo al bote de reciclaje.

—¡Pero si es un poema de amor escrito por Garrott! —protestó Rochelle.

—A ver, ¿me estás diciendo que lo quieres conservar? —preguntó Venus mientras dejaba el papel colgado en el aire.

—Sí —respondió Rochelle con énfasis.

—Ok, perfecto —condescendió Venus—. Pero prométeme que si alguna vez rompen, reciclarás esa hoja de papel.

Rochelle hizo un gesto afirmativo con la cabeza, extrañamente confortada por las peculiares palabras de Venus. Tal vez su amiga, la de los poderosos pólenes, tuviera razón. Quizá todo el mundo era imperfecto, y Garrott también. Entonces, recordó las numerosas veces que éste había perdido los estribos cuando las palomas lo confundían con una estatua. La postura radical en contra de las palomas por parte de Garrott había provocado alguna que otra riña entre ambos. Rochelle encontraba las discusiones de Garrott con los pájaros impropias de una gárgola. Aunque, claro está, lo mismo se podía decir de enamorarse de alguien cuando mantenías una relación con alguien diferente. Pero siguió recordándose a sí misma que no había traicionado ninguno de los cuantiosos juramentos de gárgola que había pronunciado. (Como era de esperar, a las gárgolas les encantaba escribir sus normas y recitarlas.)

—Rochelle, sécate esas lágrimas. Todo va a estar bien —dijo Venus con dulzura.

—Gracias —Rochelle esbozó una sonrisa, genui-
namente conmovida por la amabilidad de su amiga.

—Hablo en serio. Tienes que secarte las lágrimas
o nos meteremos en un lío por ensuciar la sala común
—explicó Venus.

—Claro que sí —dijo Rochelle con voz dócil y empezó a animarse—. Deberíamos ir a buscar a Robecca. Sé que se desilusionaría si se perdiera ver cómo el
señor Muerte se marcha a su primera cita en la otra
vida.

—Desde luego. Iré a ver si está en la habitación
y luego me reúno contigo en el despacho del señor
Muerte —acordó Venus—. Aún me cuesta creer que la
señorita Alada haya aceptado una cita. No tiene comparación con él, pero, a ver, ¡ella también es súper espeluznante!

CAPÍTULO diez

culta en un rincón de la cafetería, justo detrás de Freddie Tres Cabezas, se encontraba la deliciosamente verde Frankie Stein. Sin embargo, en lugar de exhibir su sonrisa cálida habitual, la chica se mostraba más bien seria, se diría que incluso melancólica.

Este evidente cambio de expresión no ayudó a calmar los nervios de Rochelle en cuanto a pedirle un favor.

—*Pardonnez-moi,* Frankie. No quisiera abusar de tu tiempo, sobre todo cuando estás... eh, una cosa, ¿qué hace todo el mundo aquí, exactamente?

—Estamos absorbiendo el aura de la señorita Alada, claro está —repuso Frankie con voz monocorde, como si fuera la respuesta más evidente del mundo.

—Ah, en fin, no quisiera interrumpir, desde luego, pero me preguntaba si podría pedirte algo.

—La señorita Alada dice que la pregunta de un monstruo es la respuesta de otro monstruo —declaró Frankie como una autómata, como si recitara una frase de un guión.

—No deseo aburrirte con los detalles del código ético de las gárgolas, pero no somos partidarias de pedir favores a menos que sea absolutamente necesario. Por lo tanto, teniendo esto en mente, me presento hoy después de haber intentado y fracasado en este empeño con mis propias dos manos —declaró Rochelle con seriedad mientras Venus y Robecca se divertían de lo lindo a su costa.

—Rochelle, no dramatices tanto —murmuró Venus en voz baja—. Va a pensar que le estás pidiendo un riñón.

El trío se dirigió derecho a Frankie Stein mientras la señorita Alada observaba todos y cada uno de sus movimientos.

De vuelta al instituto y de camino a la cena, Rochelle y sus compañeras de habitación se detuvieron un momento en la oficina de correos, donde las tres chicas revisaron sus respectivos casilleros con forma de pequeñas criptas en busca de novedades. Para gran alegría de Venus, tenía una pila de cartas de sus hermanos menores, todas fielmente escritas en papel reciclado. Siempre una amiga servicial, Robecca abrió rápidamente las cartas de Venus mientras Rochelle contemplaba su cripta vacía. Aún no había recibido ni una sola carta de Garrott. Se preguntó si quizá se habría enamorado de otra gárgola, acaso con un toque más delicado. Y aunque triste ante la sola idea de perder a Garrott, la falta de correspondencia de su parte también aliviaba el cargo de conciencia que a Rochelle le daba haberse encaprichado con Deuce. Desde el momento en que le vio los ojos, ¡era incapaz de dejar de pensar en él!

Ante la insistencia de Rochelle, el trío se unió al señor Muerte —el profesor de guardia— para cenar en la cafeterroría. Mientras degustaban el puré de papas con salsa de formol, Rochelle, Robecca y Venus hicieron todo lo posible por entablar una conversación intranscendente con el malhumorado profesor.

—Monsieur Muerte, ¿de dónde es usted? —preguntó Rochelle entre bocado y bocado.

—De una tierra con nubes grises y almas negras —gruñó él mientras, desanimado, bajaba la vista a su comida.

—Suena a un sitio súper divertido—repuso Venus con tono seco.

—¿Lleva mucho tiempo en Monster High? —intervino Robecca.

—Quién sabe. Ni siquiera me acuerdo de cuánto tiempo llevo muerto —gimió el señor Muerte, luego, bajó la vista a la comida de Rochelle—. ¿No te vas a terminar tu salsa de formol?

—Las gárgolas no tienen riñones —corrigió Rochelle a Venus.

—Creo que Venus se refiere a que no hay por qué ponerse tan solemne —dijo Robecca entre risas.

Entonces, Rochelle volvió la vista rápidamente a la chica verde.

—Frankie Stein, ahora iré al grano. Necesito tu ayuda para coser una cosa. Verás, tengo estas garras afiladas que se enganchan en todo lo que toco. Y, como sabes, coser sin tocar la tela es terriblemente laborioso.

—La señorita Alada dice que no hay misión más admirable que ayudar a los monstruos a progresar, sobre todo en este mundo que tanto ofrece a los normis —declaró Frankie con tono mecánico.

—¿Quiere decir que lo harás? —interrumpió Venus, a todas luces perpleja por el extraño comportamiento de la chica.

—Por supuesto que sí. ¿Qué hay que coser?

—¿Sabes guardar un secreto? —preguntó Rochelle con seriedad.

—La señorita Alada dice que el secreto de un monstruo es el secreto de todos los monstruos.

—¿Quién iba a decir que la señorita Alada era tan digna de ser citada? —comentó Venus a Robecca.

—Se trata de un traje nuevo para monsieur Muerte. Tengo la esperanza de que tras unas cuantas transformaciones en el aspecto exterior pueda conseguirle una cita. Ese hombre necesita urgentemente un poco de felicidad.

—Es muy amable de tu parte, desde luego —replicó Frankie con voz monótona y carente de emoción—. Y dado que se trata de una ocasión especial, conseguiré la ayuda de Clawdeen Wolf. Al fin y al cabo, es una diseñadora con mucho talento.

—¡Sería *vamptastique*! —exclamó Rochelle mientras, entusiasmada, juntaba sus manos de piedra.

—Es vampitástico total —secundó Venus mientras Frankie y Clawdeen colocaban en alto la hermosa prenda.

—*Merci beaucoup!* Es perfecto —declaró Rochelle con entusiasmo mientras, encantada, juntaba las manos. Y aunque anhelaba pasar sus delgados dedos grises por el traje para notar el tacto del tejido, no se atrevió; después de lo que había ocurrido la última vez, no.

—La señorita Alada dice que la belleza del traje se encuentra en nuestra propia belleza. Ese es nuestro talento —pronunció Clawdeen de una manera alarmantemente seria y monótona.

—¿Ya tuvieron oportunidad de apuntarse a LLAMA? —exigió Frankie sin rodeos.

—No, pero tenemos la intención de apuntarnos esta tarde —mintió Venus de manera poco convincente—. Hemos estado tan ocupadas con este asunto del señor Muerte y con las tareas que no hemos tenido tiempo.

—La señorita Alada tiene una idea en relación al asunto del señor Muerte —declaró Frankie mientras miraba a Rochelle directamente a los ojos—. Quiere que organicemos una cita para los dos.

—Sin ánimo de ofender a Rochelle y su querido proyecto, la señorita Alada es guapísima —repuso Venus con franqueza—. ¿De verdad le gustaría tener una cita con un tipo esquelético que sufre de depresión?

—La señorita Alada dice que siempre se debe empezar por el corazón de un monstruo —afirmó Clawdeen con tono autoritario.

—Chicas, debe mantenerlas muy ocupadas memorizando todo lo que dice —gruñó Venus con sarcasmo.

—No me gusta el formol y tampoco lo necesito, ya que estoy hecha de piedra.

—Debe ser agradable estar hecho de piedra. Los huesos suelen ser quebradizos, se rompen con facilidad —repuso el señor Muerte con un suspiro de proporciones épicas.

Al día siguiente, a petición de Frankie, Venus, Robecca y Rochelle se encaminaron hacia el aula de la señorita Alada a la hora del almuerzo. Pequeñas jaulas doradas que contenían un dragón en miniatura o un lagarto bordeaban las paredes de la clase. El susurro de dragones era una técnica ancestral basada en la idea de que al alcanzar cierta octava, uno podía hipnotizar a un dragón para someterlo. Pero debido a que resultaba más bien peligroso, los profesores solían iniciar a los alumnos con lagartos para minimizar el riesgo de quemaduras en la piel o pelaje carbonizado.

—Bueno, al menos los troles se portan bien con *alguien* —observó Venus mientras contemplaba cómo dos bestias grasientas cepillaban los dientes a un dragón en miniatura, pues las bocanadas de fuego a menudo dejaban en la boca una capa de residuos ahumados.

—Aún me cuesta creer que Clawdeen y Frankie hayan terminado el traje en veinticuatro horas —comentó Rochelle, sinceramente impresionada.

—Sobre todo porque tú tardaste casi cuarenta y ocho en destrozar la tela —apuntó Robecca justo antes de darse cuenta cómo sonaba el comentario—. Un momento, no me expresé bien.

—*Buu la la!* ¡Es fabuespantoso! —gritó Rochelle al ver que Clawdeen y Frankie se acercaban con su creación: un deslumbrante traje verde duende con puntadas color plata.

tina explosión de agua inundó el aula. La directora Sangriéntez, acompañada por la señorita Su Nami, se aproximaba a toda velocidad.

—Señorita Alada, lamento muchísimo mi ausencia de ayer; pero, verá, dejé la cabeza en el laberinto y la señorita Su Nami tardó siglos en encontrarla.

Mientras la directora hablaba, Venus, Rochelle y Robecca salieron a toda prisa de la clase, dejando a la señorita Alada visiblemente molesta.

Justo en ese momento la señorita Alada entró en el aula con paso airoso, trayendo consigo una embriagadora oleada de perfume de rosas.

—Hola de nuevo —saludó con suavidad—. ¿Las monstruitas les han comentado mi idea?

—Sí, así es. Y debo decir que estoy entusiasmada —declaró Rochelle—. ¡Una cita es justo lo que monsieur Muerte necesita!

—Pero ¿qué me dicen de ustedes? ¿Qué necesitas tú, Rochelle? —preguntó la señorita Alada mientras se inclinaba hacia delante, situando en primer plano sus rasgos impecables.

—No necesito nada, señorita Alada; pero gracias por preguntar.

—El mundo no ha sido construido para nosotros; ha sido construido para los normis. Por eso confío en que se apunten a LLAMA lo antes posible.

—No sé si nos conviene hacernos socias de LLAMA. A ver, con acabar los deberes y seguir la pista a nuestras mascotas ya tenemos pruebas de fuego más que suficientes —bromeó Venus.

—Un monstruo no puede conquistar el mundo sin el apoyo de otros monstruos.

—Es verdad, pero para eso ya tengo a estas dos —repuso Venus, incómoda, mientras señalaba a Rochelle y Robecca.

La señorita Alada clavó en Venus una gélida mirada cuya intensidad experimentaba un crecimiento exponencial con el paso de los segundos.

—Qué aretes tan bonitos traes. ¿Puedo mirarlos más de cerca? —preguntó a Venus la señorita Alada, lo que provocó que a la chica se le pusieran las hojas de punta, si bien no sabía por qué.

—Mmm, claro que sí. Pero no son nada del otro mundo. Ni siquiera es oro de verdad. De hecho, podrían ser de plástico.

Mientras la señorita Alada se inclinaba para acercarse, sin dejar de mirar a Venus a los ojos, una repen-

—La Alada tiene la impresión de que estabas tratando de perjudicarla, de volvernos en contra de su trabajo —prosiguió el señor Muerte, con ojos cada vez más abiertos por la paranoia.

—Monsieur Muerte, no tengo ni idea de qué está usted hablando.

—Dijo que reaccionarías así —gruñó el señor Muerte antes de soltar su característico suspiro.

—Creo que será mejor que me vaya —Rochelle se giró hacia la puerta.

—Ya no queda mucho. La Alada querrá hablar contigo y con tus amigas —anunció con calma el señor Muerte, provocando un escalofrío en la pétrea espina dorsal de Rochelle.

Desconcertada y dolida por el comportamiento del señor Muerte, Rochelle abandonó la biblioterroreca a toda velocidad y corrió hacia el pasillo. Mientras regresaba a toda prisa a la residencia y al confort de su habitación, notó en los ojos el familiar cosquilleo de las lágrimas. Lo que disgustaba a Rochelle no era tanto lo que le había dicho el señor Muerte, sino la manera en la que lo había dicho. Había notado en su voz una evidente falta de personalidad, algo que Rochelle nunca antes había percibido.

—Aunque carezco de un título en Medicina, considero que mi diagnóstico es acertado. ¡El señor Muerte se ha vuelto loco! *Complètement fou!* Ha perdido todo contacto con la realidad. ¡Y lo peor es que tiene un genio de los mil demonios! —gritó Rochelle, por lo general sensata, mientras irrumpía en la cámara de Masacre y Lacre.

—¡Olvídate del señor Muerte! —exclamó Robecca, histérica—. La señorita Alada está celebrando extrañas sesiones de susurros en sus reuniones de LLAMA. ¡Se sisean unos a otros como si fueran serpientes! ¡Por el listo de Calixto!, ¿no es mortal de la muerte?

—Yo diría que nos enfrentamos a una susurradora de monstruos —declaró Venus con firmeza mientras entraba en el dormitorio, tomando la precaución de cerrar la puerta con llave a sus espaldas.

—¡Una susurradora de monstruos! ¿Y eso qué significa? —chilló Robecca.

—Significa que la señorita Alada es capaz de utilizar su voz para hipnotizar a los monstruos —explicó Venus.

—¿Pero por qué querría hacer semejante cosa? —preguntó Rochelle ahogando un grito—. ¡Monsieur Muerte! ¡Ah! ¡Seguro que ya lo hipnotizó!

—¡Tornillos desatornillados! ¿Y qué vamos a hacer? —preguntó Robecca, atacada de los nervios.

—Robecca, ¡no tienes por qué ponerte como una olla a presión! Sólo hace falta notificar la situación a la directora Sangriéntez y ella se encargará de todo —declaró con calma Rochelle, haciendo todo lo posible para aliviar los nervios deshechos de su amiga.

—¿Pero la directora podrá manejar una situación así? Está tan dispersa ahora mismo… Y sí, me doy cuenta de que es como cuando la sartén le dice al cazo: «Apártate, que me tiznas» —expuso Robecca.

—Tienes razón. La directora Sangriéntez está demasiado atontada —declaró Venus—. En vez de eso, acudiremos directamente a la señorita Su Nami. Es grosera y avasalladora, pero consigue que las cosas se hagan.

—Cuanto antes actuemos, mejor. La situación ya está gravemente fuera de control —añadió Rochelle, tamborileando los dedos con nerviosismo sobre el lomo de Gargui.

—¡De acuerdo, nos ponemos en marcha! Tenemos que encontrar a una mujer empapada —resolvió Venus mientras abría la puerta de golpe.

Tras registrar la oficina principal, el trío se encaminó directo al cementerio, pues se habían enterado de que la señorita Su Nami estaba investigando una posible infracción en cuanto a la jardinería. La plantación de follaje no regulada era un delito muy serio, ya que la polinización cruzada entre plantas no adecuadas podía tener consecuencias nefastas. Mientras doblaban la esquina que daba al cementerio, se encontraron con una espeluznante escena justo detrás de la alta y enclenque reja metálica del camposanto. La señorita Alada, ataviada con un lujoso vestido de terciopelo rojo, entablaba conversación con un alumno. Pero no se trataba de un alumno cualquiera: era Deuce Gorgon.

Rochelle ahogó un grito al instante, llevándose a la boca sus manos de piedra.

—¡Tornillos desatornillados y tuercas oxidadas! ¿Y ahora qué hacemos? —murmuró Robecca mientras dirigía la mirada a Venus en busca de un plan.

—Nada —respondió la chica envuelta en vides mientras observaba los labios perfectos de la señorita Alada pegados a la oreja de Deuce—. Es demasiado tarde.

El rostro de Deuce se quedó en blanco y luego regresó a su estado normal, tal como les había sucedido a los demás alumnos con anterioridad, en el pasillo principal del instituto.

—¡Deuce! —llamó Rochelle en un fútil intento por invalidar la voz de la señorita Alada.

Por desgracia, Rochelle no consiguió más que atraer la atención de la perturbada profesora. Con el semblante encendido por una emoción salvaje, la señorita Alada se dirigió al trío a paso de marcha.

—¡Monstruas! ¡Tengo que hablar con ustedes! —exclamó la elegante dragona elevando la voz. Venus, Robecca y Rochelle intercambiaron tensas miradas antes de darse la vuelta y salir corriendo.

Tras doblar dos esquinas y atravesar el patio a toda velocidad, una voz ronca las detuvo en seco.

—¿Becca? ¿Vanus? ¿Bochelle? —gruñó un trol con un marcado defecto del habla.

—¿Cómo sabes nuestros nombres? —preguntó Rochelle al trol mientras su corazón de piedra latía como loco.

Venus soltó un bufido.

—Bueno, no nos llamamos exactamente así, a menos que te hayas cambiado el nombre por «Bochelle».

—Venus, ¡no es momento para chistes! —dijo Rochelle con brusquedad.

—¡La Alada querer verlas ahora! —ladró el trol, rociando a las tres amigas con gruesas gotas de baba.

Lentamente, Venus se apartó de la grotesca criatura de pequeño tamaño.

—Lo siento, pero no hablamos la lengua de los troles.

—¡No marchar! ¡La Alada ver ustedes ahora! —gritó el trol con más fuerza.

—*Pardonnez-moi?* Monsieur Trol, lo siento mucho, pero no me defiendo muy bien en ese idioma —explicó Rochelle mientras ella y Robecca seguían rápidamente a Venus, quien se batía en retirada a toda velocidad.

—¡No correr! ¡Alto!

—¡Tenemos que salir de aquí ya mismo! —vociferó Venus mientras las tres chicas rompían a correr con todas sus fuerzas.

Y aunque Rochelle movía sus piernas de piedra con más lentitud que sus compañeras, seguía siendo mucho más rápida que el trol con patas de pichón. De hecho, tan lenta era la grasienta criaturita que ni siquiera fue capaz de adelantar a la solitaria rana toro que daba botes a su lado, por el pasillo. No es necesario decir que se trataba de una situación desalentadora para el trol, una situación que guardaría en secreto por miedo al ridículo.

—¡Madre mía! ¡No puedo soportar ni una gota más de emoción! ¡Se me reventaría una válvula de estanqueidad! —soltó Robecca de sopetón mientras le salía vapor a chorros de las orejas.

—¡Enfría esas válvulas! Escucho un sonido de chapoteo —dijo Venus con voz triunfante—. ¡Señorita Su Nami! —gritó al descubrir a la húmeda mujer, grande y compacta como un muro—. ¡Tenemos que hablar con usted! ¡Es una emergencia!

—Tienes treinta segundos, entidad no adulta. Estoy en mitad de una crisis de jardinería en el cementerio.

—¡La señorita Alada ha lanzado un maleficio en el instituto! No sabemos la razón, ¡pero no cabe duda de que lo ha hecho! —explicó Robecca mientras le goteaba vapor de su metálica frente.

—Es la locura más grande que he escuchado jamás —gruñó, incrédula, la señorita Su Nami.

—Ya lo sé, pero es verdad —suplicó Rochelle a la mujer de expresión severa.

—No dije que no fuera verdad. Sólo dije que es la locura más grande que he escuchado jamás —replicó la señorita Su Nami con su habitual sentido común—. Debo admitirlo: ¡he sospechado de la señorita Alada desde el primer día! No me fío de la gente popular. Nunca lo he hecho y nunca lo haré.

—Gracias a Dios por sus infelices años de instituto —murmuró Venus para sí.

—No tienen que preocuparse. Voy a encargarme de la situación inmediatamente —declaró la señorita Su Nami llena de confianza—. Les sugiero que vayan a su habitación y se mantengan apartadas del combate.

—Me parece una idea muy sensata —soltó Rochelle de sopetón.

—Debería haber sabido que algo así iba a suceder. ¿Qué clase de profesora que se respete a sí misma se pone un apodo propio? —dicho esto, la señorita Su Nami se marchó con paso resuelto, dando sonoros pisotones contra el suelo.

n el momento mismo en que las tres amigas regresaron a la cámara de Masacre y
Lacre, escucharon una ligera, casi inau-
dible, llamada en la puerta.

—Lo juro, si son las gemelas que vuelven a echar otra
siesta, ¡me voy a poner como una loca con ellas! —anunció Venus mientras se levantaba para dirigirse a la puerta.

—¿Y si es un trol? —preguntó Robecca, inquieta—.
¿Y si lo enviaron a que nos arrastre hasta la guarida
de la señorita Alada, que apesta a perfume?

—¿Quién es? —gruñó Venus a través de la puerta
con tono agresivo.

—Soy Cy Clops. Puede que no me recuerdes, pero estoy en algunas de tus clases. Soy el chico del ojo grande. Comparto habitación con Henry Jorobado —balbuceó Cy mientras Venus abría la puerta con un ataque de risa.

—Sabemos quién eres, Cy —repuso Venus con dulzura mientras le hacía señas para que entrara.

—Hola, Robecca. Hola, Rochelle —incómodo, Cy se cruzó de brazos y bajó la vista al suelo.

—Encontramos a la señorita Su Nami —explicó Robecca con tono de seguridad—. Nos dijo que se encargará de todo.

—¿De todo? No creo que sepa a qué va a enfrentarse. Ninguno lo sabemos. Confío en estar equivocado, pero no me imagino que la señorita Alada vaya a marcharse así, sin más. Ahora todo el instituto la apoya. Incluso Henry —explicó Cy con una nota de lástima.

—¿Cómo consiguió a Henry? —preguntó Rochelle—. ¿Con la Liga Liga para el Avance de Monstruos Avispados?

—Le conté a Henry lo que había visto en el calabozo. Fue a verlo con sus propios ojos pero cuando volvió, ya no era el mismo.

—Pronto lo será —dijo Robecca para tranquilizarlo mientras Cy se apoyaba en la pared.

—¡Ay! —se quejó Cy antes de bajar la vista para ver qué le había mordido.

—¡Lo siento! En serio, tengo que poner un cartel o algo —se disculpó Venus—. «Cuidado: planta hambrienta».

Venus convenció a los otros de que esconderse en el campanario era mucho más seguro que permanecer en la habitación, si se diera el caso de que alguno de los troles acudiera en su búsqueda. Así que Venus, Rochelle, Robecca y Cy entraron sigilosamente en la cámara situada en lo alto del campanario y esperaron. Entre miradas furtivas por las pequeñas ventanas circulares, jugaron a las cartas, se echaron una que otra siesta y especularon sin parar sobre lo que estaba ocurriendo afuera. De vez en cuando, el sonido de troles recorriendo los pasillos ascendía por la torre de piedra, pero por lo general, una mortaja de silencio cubría el ambiente.

—Ojalá supiéramos qué está pasando ahí afuera. ¿Creen que es posible que la lucha por el poder haya terminado y que estemos esperando aquí arriba sin motivo alguno? —preguntó Robecca, esperanzada.

—Lo dudo. La señorita Su Nami enviaría una señal, algo para alertarnos —concluyó Venus.

Pequeñas bocanadas de vapor salían por las orejas de Robecca.

—Esta experiencia me ha enseñado que no me iría bien en la cárcel. No me han programado para permanecer en un mismo sitio. No me resulta natural.

—A menos que hablar de la pera limonera o de la vecina que alucina se declare de pronto ilegal, no me cabe en la cabeza ninguna razón para llevarte a la cárcel. A Venus, por el contrario, me la puedo imaginar en la cárcel por una amplia variedad de bienintencionadas aunque temerarias razones —declaró Rochelle con tono pragmático.

—¿Y qué me dices de ti? —contraatacó Venus.

—Las gárgolas son demasiado infalibles a la hora de cumplir las normas para acabar en la cárcel —terció Cy.

—Bien dicho, cíclope —alabó Rochelle con una sonrisa.

De repente, la débil apariencia de calma se evaporó, pues un timbre agudo y ensordecedor, atravesó el recinto del instituto. El cuarteto intercambió expresiones tensas y ceños fruncidos como diciendo: «¿Y ahora qué?».

Llegaron voces desde el pasillo.

—¡Reunión de emergencia! ¡Reunión de emergencia!

—Al vampiteatro, ¡ya!

—¿Qué les parece? —preguntó Cy al grupo.

—Puede que la señorita Su Nami haya convocado una reunión para anunciar el final del reinado de la señorita Alada —supuso Venus.

—¡O podría ser la propia señorita Alada! —exclamó Rochelle.

—Tengo fe en que sea la señorita Su Nami —terció Robecca con tono optimista.

—Por desgracia, sólo hay una manera de averiguarlo —declaró Venus con palpable ansiedad.

El hueco de la escalera de la torre estaba oscuro, húmedo, y necesitaba urgentemente una restauración. Grietas astilladas cubrían las paredes, y el sonido de agua goteando producía un eco siniestro. Se trataba de un espacio aterrador del que estaban encantados de escapar, al menos hasta que vieron el caos desenfrenado que reinaba en el pasillo. Los alumnos se desplazaban literalmente en estampida hacia el vampiteatro. Y aunque costaba creer que la señorita Su Nami permitiera semejante desorden, el cuarteto siguió albergando la vana esperanza de que todavía estuviera al mando.

El salón de actos púrpura y oro estaba abarrotado, al igual que en la asamblea de comienzo de curso. Sin embargo, en esta ocasión la sala estaba llena de nerviosismo y tensión crecientes, en lugar de entusiasmo y alegría anticipada. Robecca, Cy, Venus y Rochelle se situaron en la última fila y, sin perder un segundo, ocuparon sus respectivos asientos; mientras tanto, vigilaban los alrededores en busca de troles.

—Hola, alumnos. Me alegro mucho de que todos hayan escuchado el timbre y hayan podido acudir —declaró con voz calmada la directora Sangriéntez.

—Parece bastante normal, así que es una buena señal —murmuró Venus a Robecca de manera alentadora.

—Como muchos de ustedes saben, ¡llevo años esperando tocar el timbre de emergencia! —prosiguió la directora—. Uno de los sueños de mi vida era tener una emergencia tan importante que, en efecto, justificara utilizar el timbre. Y me siento orgullosa de afirmar que hoy ha sido así. A ver, si tan solo pudiera recordar de qué se trataba... ¿Gripe de murciélago? ¿Invasión de insectos mutantes? ¿Virus de moho de cabeza de calabaza? O quizá sólo quería saludarlos. Ah, sí, debe de haber sido eso. ¡Hola, monstruos! ¡Gracias a todos por venir!

Mientras la directora Sangriéntez saludaba al público con la mano, la señorita Su Nami entró rodando en el escenario y se estrelló contra su jefa.

—¿Señorita Su Nami? ¿Acaso estamos luchando? —preguntó la directora Sangriéntez mientras adoptaba una postura peculiar.

—Señora, ¡por supuesto que no estamos luchando! —ladró la señorita Su Nami y susurró al oído de la directora.

—¡Ah, sí! —exclamó la directora Sangriéntez—. ¡Qué alivio recuperar mis pensamientos! Gracias.

Al observar cómo la señorita Su Nami recordaba a la directora Sangriéntez lo que tenía que decir, Venus se tranquilizó en gran medida. Le vino a la memoria su primer día en Monster High, cuando pensó que el instituto parecía un lugar saludable para el crecimiento de una planta. Aunque Venus aún no sabía con exactitud qué estaba sucediendo, no podía negarse la presencia de una epidemia profundamente amenazadora.

—Mis jóvenes monstruos, como saben, adoro mi trabajo. Sin lugar a dudas, es el mejor trabajo del mundo entero. Y quizá, incluso, el más importante. Aquí en Monster High estamos dando forma a la generación futura por medio de la enseñanza y la preparación —divagó la directora, emocionada.

—¿Estará hablando de las pruebas de monstruo-nivel? —murmuró Rochelle para sí.

—Los he guiado bien o, al menos, eso creo. En este momento, no lo recuerdo con exactitud. Pero si por alguna razón no los he guiado bien, por favor, no se lo digan a nadie. A las mujeres de mi edad ya no nos interesa la crítica constructiva. ¿Qué sentido tiene? Somos demasiado mayores. Y con ese fin, siento que ahora soy demasiado vieja para guiarlos de la manera que requieren. Necesitan un líder que los ayude a ocupar su legítimo lugar en el mundo como especie dominante. Ya no seremos los cuartos en la lista, detrás de los normis, caninos y hurones.

—¿Quién nos pone detrás de los hurones? —murmuró Venus mientras el estómago se le revolvía por los nervios.

—Por ello, ahora paso las riendas de la dirección a La Alada, y el relevo entra en vigor en este mismo momento.

Rodeada de troles vestidos con uniforme militar azul marino y rojo, la señorita Alada ascendió los peldaños que conducían al escenario. Resultaba un despliegue escandaloso de poder y seguridad. Cualquier delicadeza que la señorita Alada exhibiera antaño había desaparecido. En su lugar se hallaba una aspereza que lindaba con la arrogancia. Ataviada con un estricto vestido negro sin escote, con multitud de botones y borlas en los hombros, el conjunto tenía un aire marcadamente militar. Completando la meticulosa apariencia de poder, lucía un riguroso peinado: llevaba su cabello pelirrojo recogido en un moño tenso en lo alto de la cabeza.

La señorita Alada, con expresión severa, se acercó al podio muy despacio, alargando cada paso con gesto teatral.

—Hoy comenzamos de nuevo. Hoy empezamos a construir el nuevo imperio. Y con ello en mente, suprimo toda clase de estudios frívolos y actividades irrelevantes tales como el patinaje laberíntico y el equipo de asustadoras. Porque mientras nos preparamos para ocupar nuestro legítimo lugar en el mundo, debemos evitar cualquier distracción o desacuerdo. El que no está con nosotros está contra nosotros. Ya no existe término medio. Ahora somos guerreros. ¡No seremos marginados por los normis nunca más! —declaró la señorita Alada que, acto seguido, desplegó las alas de golpe para mayor énfasis.

—¡Tuercas! ¿Pero qué acaba de decir? —preguntó Robecca a Cy, a todas luces llevada por el pánico.

—No quiero asustarte, pero esto no es bueno —respondió él.

—No, ni siquiera es malo. Es horrible —terció Venus, con el rostro marchito por la decepción.

Entonces, la señorita Alada saludó a la multitud con la mano mientras un coro de cabezas de calabaza uniformados se sumaban a ella en el escenario para cantar el Himno del Avance de los Monstruos.

—*Si ponemos a los monstruos primero, el mundo ya no será un atolladero…*

Los cuatro conmocionados alumnos se dirigieron al pasillo principal con andares lentos, sin saber cuál era su próximo paso, o si disponían de alguno siquiera.

Con la cabeza gacha y los ojos empañados, no repararon de inmediato en los carteles pegados por todos los casilleros rosas con forma de ataúd. Pero al poco rato divisaron los nada generosos dibujos de sus respectivas caras que adornaban los pósteres con la leyenda: SE BUSCAN PARA INTERROGATORIO. SE RUEGA INFORMAR DE CUALQUIER PISTA AL TROL MÁS CERCANO.

—Mantengan la cabeza agachada y síganme —instruyó Venus a los demás mientras hacía todo lo posible por evitar el contacto visual con quienes se hallaban en el pasillo.

—¡Ay, madre mía, ay! —gimoteó Robecca—. ¡Estoy soltando vapor! ¡Estoy soltando vapor! ¡Estoy soltando vapor!

—Shhh —amonestó Rochelle a Robecca—. Quítate el suéter y envuélvelo alrededor de tu cabeza como si fuera un pañuelo. Al menos impedirá la salida de una parte del vapor.

Cy observó a Robecca de cerca mientras esta se envolvía su suéter con lunares sobre las orejas y continuaba su camino por el pasillo, detrás de Rochelle y Venus. No podía explicar por qué sentía hacia ella semejante instinto de protección, pero el caso es que lo sentía. Desde la primera vez que puso su ojo sobre la joven metálica tuvo el deseo de estar a su lado.

Después de adentrarse en el laberinto, Robecca ejecutó una inspección aérea para encontrar el lugar más desierto donde buscar refugio. Ocultos entre una mata de setos descuidados, árboles que crecían sin control y viejos artefactos oxidados, los miembros del cuarteto comenzaron a asimilar la gravedad de la situación.

—*Je ne comprends pas!* ¿Por qué nos persigue la señorita Alada? ¿Qué hemos hecho? —reflexionó Rochelle en voz alta.

—Esos carteles parecen sacados del Salvaje Oeste —comentó Robecca mientras, de las orejas, le salían chorros de vapor que iban a parar a la cara de Cy—. Madre mía, lo siento.

—En realidad, es muy agradable. Olvidé mis gotas para los ojos en la residencia.

—No lo entiendo. ¿Por qué nosotros? ¿Somos los únicos que no estamos bajo su hechizo? ¿O se trata de otra cosa? —preguntó Venus a nadie en particular.

—Somos los únicos cuatro alumnos del instituto que no estamos apuntados a LLAMA. Así de simple. Literalmente, los únicos supervivientes —dijo Rochelle con una expresión melancólica que recordaba a la del señor Muerte.

—Tienes razón —convino Cy—. Está claro que la señorita Alada sabe quién está con ella y quién no.

—Quizá deberíamos ir a la ciudad e intentar hablar con el jefe de policía —sugirió Robecca.

—¿Y qué le decimos? ¿Que la nueva directora le está lavando el cerebro a todo el mundo? —replicó Venus—. Dudo mucho que nos crea. Pero aunque fuera así, y viniera a Monster High, corremos el riesgo de que el jefe de policía también quede bajo su hechizo. Lo que sería catastrófico para Salem.

—¡Ojalá estuviéramos en Scaris! Entonces, sabría exactamente qué hacer: llamas al teléfono de apoyo a las gárgolas, informas de la situación y, por último, esperas a que llegue el comité y dé su asesoramiento sobre el problema.

—Puede que no tengamos un comité de asesoramiento, pero nos tenemos unos a otros —murmuró Robecca—. Eso tiene que contar para algo...

—¿Cy? —interrumpió Venus—. No puedo dejar de pensar en lo que dijiste en la residencia, que ninguno de nosotros sabemos a qué nos enfrentamos. Tienes razón y, a menos que lo sepamos, nunca seremos capaces de detenerla.

—Creo que deberíamos empezar repasando lo que sabemos de la señorita Alada —propuso Rochelle.

—Se trasladó aquí desde una academia para monstruos de Mordalia —dijo Robecca—, y como regalo de
despedida le entregaron un puñado de troles ancianos.

Venus asintió.

—Debemos hablar con la gente de su antigua academia, averiguar por qué se marchó, averiguar todo lo
que sepan sobre ella.

—En ese caso, tenemos que colarnos en la oficina
principal y buscar el expediente de la señorita Alada
—propuso Cy.

—Cy, no sabía que eras un revolucionario —canturreó Robecca, a todas luces impresionada por la dis-
posición del chico a saltarse las normas.

—Como saben, no soy partidaria del allanamien-
to, ni lo apruebo. Sin embargo, me doy cuenta de que
en este caso es necesario, por el bien común —parloteó Rochelle.

—No tienes que acompañarnos si te resulta incómodo
—declaró Venus—. Nosotros tres nos podemos encargar.

—Los acompañaré. Como ha dicho Robecca, estamos juntos en este asunto, y eso tiene que contar para algo.

—¿Forma parte del código de las gárgolas? —se burló Venus.

—Forma parte del código de Rochelle Goyle.

CAPÍTULO
quince

Con sus caras pegadas por todo el instituto, llegar a la oficina principal sin ser
descubiertos resultaba poco menos que
imposible. De modo que decidieron esperar hasta el
anochecer para abandonar el laberinto.

Aquella noche, bajo el sonido de los murciélagos
que se lanzaban en picada, Robecca, Rochelle, Venus
y Cy recorrieron sigilosamente el pasillo principal con
los ojos bien abiertos en busca de troles. Mucho habían cambiado las cosas durante el poco tiempo que
La Alada llevaba al mando. Cada hora se enviaban
por correo electrónico informes con normas nuevas

que abarcaban desde la censura total de libertad de expresión a la indumentaria de los troles, ahora transformada. Según el nuevo mandato, los troles tendrían que vestir uniformes de color azul marino y rojo, recogerse el pelo con coletas y marchar en formación militar siempre que patrullaran por los pasillos.

—¿Qué les parece que se haya necesitado todo esto para conseguir que los troles se bañen? —preguntó Venus mientras el grupo se escondía en una oscura entrada y esperaba a que la última tropa de troles se fuera a dormir.

—Significa exactamente lo que ya sabíamos: se trata de una especie que no tiene gran estima por la higiene personal. Por esta razón, la *Guía de viaje de las gárgolas* desaconseja aceptar invitaciones por parte de los troles —respondió Rochelle.

Una vez que los alrededores quedaron desiertos, Venus se puso a la cabeza del grupo y, dejando atrás la terrorcocina y el laboratorio del científico absolutamente desquiciado, llegaron por fin ante la enorme puerta metálica de la oficina principal.

—Está cerrada con llave —susurró Robecca—. Venus, me imagino que sabrás abrir una cerradura con tus vides.

—¿Qué quieres decir?

—Por favor, apártense —ordenó Rochelle a los demás—. Por una vez, mis pequeñas garras de piedra podrían servir de algo.

Rochelle se puso a lijar el mecanismo de la cerradura hasta que la puerta se abrió de pronto, sin más. Una vez en el interior de la atestada y caótica oficina, el cuarteto se separó, desesperado por localizar el expediente personal de la señorita Alada y regresar al laberinto.

Sentada en una silla de escritorio mientras examinaba papeles, Rochelle, concentrada al máximo, no se percató del crujido que llegaba desde debajo de su cuerpo. En realidad, la silla estaba pidiendo auxilio, suplicando, desesperada, que alguien la salvara. Era bastante común que el mobiliario literalmente suplicara por su vida al encontrarse debajo de la esbelta pero pesada criatura. Pero, ¡ay!, Rochelle estaba demasiado preocupada buscando información sobre la señorita Alada para reparar en la angustia de la silla. De hecho, sólo cuando se estampó contra el suelo, entre un amasijo de madera rota, Rochelle se dio cuenta del problema.

—¿Rochelle? —llamó una voz familiar desde el umbral.

—¿Deuce? ¿Eres tú?

—¿Te encuentras bien? Por lo que se ve, ha sido una caída importante —comentó el chico mientras se acercaba a ella con sus características gafas de sol puestas.

—Sí, estoy perfectamente. Por desgracia, romper sillas no es algo nuevo para mí —explicó Rochelle, mientras se preguntaba si Deuce podría haber escapado milagrosamente del maleficio de la señorita Alada.

—Bueno, me alegra que estés bien —repuso él con un tono carente de emoción. Entonces, el chico se tensó de manera evidente, como si acabara de recordar que estaba hablando con uno de los monstruos más buscados del instituto—. Rochelle, ¿qué estás haciendo en esta oficina, exactamente?

—La Alada me acaba de nombrar oficinista nocturna —mintió ella, incómoda, mientras, a escondidas, indicaba a los demás que permanecieran ocultos.

—Rochelle, eso es mentira —replicó Deuce con firmeza.

—No digas nada, por favor. Estamos tratando de devolver la normalidad al instituto.

—La Alada querrá hablar contigo. No tengo más remedio que llevarte a su presencia ahora mismo.

—Por favor, Deuce, deja que me vaya —suplicó Rochelle al mismo tiempo que hacía señas desagradables a los otros para que se dirigieran a la puerta.

—No puedo hacer eso... —respondió Deuce con lentitud.

—Seguro que puedes. Sólo soy yo, Rochelle, el único monstruo que te ha mirado a esos ojos tan amables.

—Estás traicionando a tu propia clase, y eso no está bien —declaró Deuce con resolución—. Voy a llamar a los troles.

—¿Estás realmente seguro de que eso es lo que quieres hacer? —preguntó Venus al chico antes de soltar sobre todo su cuerpo un potente estornudo de polen.

—Qué asquerosidad —respondió Deuce indignado, mientras se apartaba de la cara retazos de polen color naranja.

—Oh-oh, mis pólenes no pueden traspasar el maleficio.

—¡Trol! —gritó Deuce.

—*C'est une catastrophe!* —gritó Rochelle mientras ella y sus amigos salían de la oficina a la velocidad del rayo y se plantaban en el pasillo.

Como corredora lenta, Rochelle no tenía esperanzas de librarse de Deuce.

Pero en el preciso momento en que éste comenzó a perseguir a la gárgola hasta el pasillo, un océano de murciélagos bajó volando desde el techo y empezó a revolotear alrededor de la cresta de serpientes de Deuce.

Era un hecho bien conocido que los murciélagos y las serpientes mantenían una antigua y encarnizada rivalidad acerca de cuáles ostentaban el título de «mascota menos favorita de los normis».

Y para cuando los murciélagos se cansaron de burlarse de las serpientes, Rochelle y su grupo se habían desvanecido en la noche mucho tiempo atrás.

Tras regresar sanos y salvos al laberinto, Cy reveló que había localizado el nombre y el número de teléfono del antiguo centro escolar de la señorita Alada segundos antes de la llegada de Deuce a la oficina. Como testimonio de las escasas dotes organizativas de la directora Sangriéntez, había descubierto el expediente bajo la maceta de una planta.

—Es la Accademia de Mostro, en el norte de Mordalia —explicó Cy—. Voy a tener que entrar a escondidas en un aula. Necesito un teléfono para llamadas internacionales.

—¿No deberíamos acompañarte? —se ofreció Robecca con dulzura.

—Cuanto más numeroso el grupo, más probabilidades de que nos descubran.

—Estoy de acuerdo —añadió Venus—. Pero, ¿sabes hablar mordaliano?

—Sólo lo que he aprendido de Freddie Tres Cabezas. Confío en que alguien de esa academia conozca nuestro idioma.

—Yo probaría primero en la biblioterroreca. Está muy cerca y, además, vi al doctor Pezláez usar ese teléfono muchas veces —dijo Rochelle mientras le ponía en la mano un delgado alfiler dorado de sombrero y susurraba—: *Bon chance*.

Eran cerca de las cuatro y media de la mañana cuando Cy abandonó el laberinto sin hacer ruido y, dejando atrás el calabozo y el cementerio, llegó a la puerta de la biblioterroreca.

Sacó el afilado y elegante alfiler de sombrero que le había entregado Rochelle y empezó a manipular la cerradura.

Y aunque nunca lo habría admitido en público, estaba disfrutando de lo lindo con su nueva vida como delincuente. Aunque involuntario, el reciente arrebato de imprudencia le había aportado un muy necesitado impulso de confianza en sí mismo.

Tras forzar con éxito la cerradura, Cy entró silenciosamente en la polvorienta estancia. Sobre un escritorio, en la esquina, encontró un teléfono negro bastante deteriorado. Tras marcar lo que le pareció

una serie interminable de números, escuchó el tono de llamada extranjero y esperó.

—*Buongiorno!* —resonó al otro lado del teléfono una voz masculina.

—Eh... *bonjeerno* —respondió Cy, incómodo.

—¿Con quién hablo? —preguntó el hombre con un marcado acento mordaliano.

—Me llamo Cy Clops y soy alumno del instituto Monster High de Salem, Oregón, en Estados Unidos. Me preguntaba si podría hablar con la directora o el director.

—Soy yo, el *signore* Vitriola.

—Una antigua profesora de su centro llegó hace poco a nuestro instituto. Tal vez la recuerde: la señorita Alada.

—Sí... —respondió con cautela el *signore* Vitriola.

—Bueno, pues parece que ha lanzado una especie de maldición sobre todo el instituto, un susurro de monstruos...

—¡Ay, ay, no! —exclamó el hombre con un gran grito—. ¡Se está propagando! Por favor, déjame en paz. No vuelvas a llamar nunca más a este número, ¡jamás!

—Pero, señor, ¡está destruyendo nuestro instituto!

—No puedo ayudarte. ¡Tuve que cerrar la academia hace un año! No tuve elección… No podía detenerlo.

—¿Se refiere a la señorita Alada?

—Por favor, no quiero hablar del tema. Quizá tengas más suerte con el libro de la que tuve yo.

—¿Qué libro?

—Tienes que encontrar donde está la gritoteca de tu instituto…

—¿Cómo dice?

—Todas las academias de monstruos tienen una sala secreta llamada gritoteca donde se guardan los libros altamente secretos. A esta sala sólo pueden acceder quienes dispongan de un máster en Ciencias Bestiales. Pero supongo que, en tu caso, se debe hacer una excepción.

—¿Cómo encuentro la gritoteca?

—Es diferente en cada centro escolar.

—Gracias, *signore* Vitriola.

—Por su bien, confío en que no sea demasiado tarde —susurró el anciano. Inmediatamente, la línea se cortó con brusquedad.

a gritoteca no aparecía en ninguno de los planos del instituto, ni tampoco se mencionaba en ninguna carta o informe. De no haber sido por las palabras del *signore* Vitriola, jamás habrían conocido su existencia. Como supieron más tarde, la Federación Internacional de Monstruos insistía en que las gritotecas permanecieran en la clandestinidad por miedo a que los alumnos aventureros utilizaran la información para empresas poco apropiadas.

Con objeto de localizar la esquiva gritoteca, los cuatro compañeros de residencia tenían que descubrir los planos originales de Monster High. Por suerte para ellos, los proyectos de construcción se conservaban en un cobertizo oculto dentro del laberinto. Después de escudriñar los documentos manchados de tinta, descubrieron una estancia situada a espaldas del laboratorio del científico absolutamente desquiciado que, en opinión del grupo, tenía que ser la gritoteca. Sin embargo, cuando fueron a inspeccionarla, se encontraron con un armario de limpieza.

—¡Ninguno de estos cuartos parece lo bastante grande como para ser la gritoteca! —protestó Venus después de regresar de nuevo al laberinto y escudriñar los planos una vez más.

—Tenemos que seguir buscando —dijo Rochelle con voz tranquila—. No tenemos elección.

—Podríamos fugarnos y unirnos al circo —bromeó Venus.

—¡Uggh! ¡El circo! Me persiguieron durante años —comentó Robecca con tono animado—. Pero mi padre siempre se negó. Consideraba que vivir en una tienda de campaña podía provocarme óxido.

Cy continuó examinando los planos mucho después de que las tres amigas se hubieran quedado dormidas en lo alto de los setos cercanos. Aunque espinosos, los arbustos resultaban sorprendentemente cómodos.

—Eh, señoritas, me parece que encontré algo —anunció Cy con su suavidad habitual.

Las chicas, agotadas tanto física como mentalmente, actuaron como solían hacerlo con sus padres: se dieron la vuelta y lo ignoraron por completo. Siempre educado, Cy aguardó diez minutos antes de volver a intentar atraer el interés de sus compañeras.

—Mmm, creo que tengo algo. Algo que nos ayudará a encontrar la gritoteca.

—¿Qué? ¿Por qué no lo dijiste antes? —preguntó Venus, que se bajó de su arbusto como una bala.

—Cy, Venus tiene razón. En serio, tienes que aprender a expresarte —reprendió Robecca al chico mientras Penny sacudía la cabeza en dirección a su despistada dueña.

—Claro, Robecca, lo que tú digas.

—La expectativa me está matando. ¿Cuál es tu idea? —preguntó Rochelle mientras se frotaba una hoja espinosa por el brazo a modo de exfoliante. Siempre estaba buscando nuevas maneras de suavizar su piel.

—De hecho, estaba pensando en Rochelle...

—Ah, sí, ¿verdad? No es que te culpe; es chispeante. Además, tiene un acento genial. Y, seamos sinceros, con acento extranjero todo suena mejor. Madre mía, ¿qué estabas diciendo? Da la impresión de que me he apartado del tema completamente… —divagó Robecca; luego, avergonzada, miró hacia otro lado.

—Rochelle es más pequeña que nosotros, más pequeña que el monstruo medio…

—Aunque, en teoría, eso es verdad, en la comunidad de las gárgolas se considera que supero el tamaño medio —replicó Rochelle, un tanto ofendida.

—Pero se las arregla para retener más información que el resto, y puede recitar códigos y directrices…

—¿Y…? —presionó Venus a Cy.

—¿Es que no te das cuenta? Todos dimos por supuesto que la gritoteca tenía que ser grande y estábamos equivocados. Un espacio pequeño puede guardar la misma cantidad de información, si no es que más.

—¡Tornillos, Cy! ¡Eres un genio! —exclamó Robecca, entusiasmada.

—No estoy muy seguro de eso —murmuró él—, pero puede que haya encontrado la habitación. Es la más pequeña de los planos.

Y así los miembros del equipo, partieron del laberinto a altas horas de la noche para encontrar la gritoteca.

—Sé que no debería decirlo, pero la verdad es que los murciélagos no me gustan —susurró Rochelle mientras avanzaba por el pasillo principal—. No da la impresión de que formen una sociedad anclada en las normas.

—Pero mira que te gustan las normas —replicó Venus. Luego echó una ojeada a Cy y Robecca.

—Cy, ¿los cíclopes necesitan gafas alguna vez? Y de ser así, ¿qué aspecto tienen? ¿Un círculo grande, sin más? ¿O acaso prefieren los lentes de contacto? Sé que parece una tontería, pero tengo mucha curiosidad. Igual que Penny. ¡Madre mía, Penny! ¿Dónde la habré dejado? Ay, espero haberle dado la cuerda suficiente —divagó Robecca.

—Está con Gargui y Ñamñam en el cementerio, por seguridad, ¿te acuerdas?

—Ah, sí. Desde luego, es genial tener cerca a alguien con buena memoria.

—Y para responder a tu pregunta, los problemas de los cíclopes con respecto a la visión periférica y la percepción de la profundidad no se pueden solucionar, en realidad, con gafas o lentes de contacto.

—Qué mal —repuso Robecca.

—Eh, chicas, llegamos —anunció Cy en voz baja al tiempo que se tapaba la cara con las manos en un esfuerzo por proteger su ojo de un murciélago que volaba excepcionalmente bajo.

El temor a que se le pegaran al ojo partículas, insectos o, de vez en cuando, hasta pequeños mamíferos, provocaba que Cy se mostrara más bien asustadizo.

—¿Por qué volvemos al laboratorio? —preguntó Venus.

—Síganme —indicó el cíclope mientras conducía a las chicas a través de la estancia desordenada y llena de frasquitos hasta llegar al armario de limpieza.

Cy toqueteó los grifos del fregadero; luego, el soporte de las escobas; luego, la cañería principal; luego, el interruptor de la luz; pero no ocurrió nada.

—¿Seguro que estaba detrás de este armario? Es dificilísimo interpretar ese plano —dijo Robecca con tono consolador.

—Está aquí. Estoy convencido.

—¿En serio? Yo ya no estoy segura de nada —comentó Venus mientras propinaba una patada al marco de la puerta.

Desde el techo llegó un ruido similar al sonido de un avión cuando baja el tren de aterrizaje antes de tomar tierra. Una gruesa escalera metálica descendió y se detuvo a pocos centímetros del suelo.

—¡Creí que habías dicho que estaba detrás del armario! —exclamó Robecca.

—Es lo que parecía en el plano —respondió Cy, quien agarró la escalera y comenzó a subir.

Escaló hasta el techo; después, se desplazó alrededor de un metro y por fin se agachó para entrar en lo que tenía que ser la biblioteca más pequeña del mundo. La medida de la estancia no superaba el metro cuadrado, y viejos libros encuadernados en piel cubrían hasta el último rincón de las paredes. Cy  examinó los títulos con rapidez (la ventaja de ser un cíclope) hasta que fue a dar con *El susurro de los monstruos*.

—¡Hey! ¿Qué pasa ahí arriba? —llamó Venus desde el armario de limpieza.

—Ya voy —respondió Cy. Pero cuando trató de sacar el volumen del estante, descubrió que estaba encadenado a la pared. Tuvo que admitir que se trataba de un medio eficaz para prevenir los problemas habituales de las bibliotecas, tales como el vencimiento de los plazos de devolución y el robo de libros.

Tras regresar al armario de limpieza y explicar a las chicas el rudimentario sistema de seguridad, Cy se puso cómodo y escuchó cómo debatían sobre la mejor manera de resolver la situación.

—A ver, ¿quién va a entrar ahí para leer el libro? —preguntó Robecca de sopetón—. Evidentemente, a mí me encantaría, pero en varias ocasiones mis compañeras de habitación han aludido a la brevedad de mi rango de atención, así que, quizá, no debería ser yo. Pero por otra parte, siempre me ha gustado leer. Debo haber leído *Alicia en el país de las maravillas* unas cuatro veces cuando era pequeña…

—Creo que estamos de acuerdo en que Robecca queda descartada —interrumpió Venus.

—Lo más sensato es que sea yo quien entre ahí.

Retengo la información mejor que nadie; hasta el propio Cy lo ha comentado. Además, soy muy compacta y encajo fácilmente en los espacios reducidos —postuló Rochelle.

—Verán, estaba pensando que debería ir yo porque, de alguna manera, soy la líder del grupo. Por no hablar de que se me da bastante bien improvisar, destreza que sin duda requiere esta situación —replicó Venus.

—Sólo reconozco a los líderes elegidos democráticamente y, por lo que recuerdo, nunca hemos celebrado una elección —expuso Rochelle con seriedad.

—¿Sabes? No quería tener que decirlo, pero me temo que romperías la escalera. No nos olvidemos de lo que pasó en la oficina. Destrozaste una silla.

Percibiendo la tensión creciente, Cy intervino a toda velocidad.

—¿Y yo? Quizá lo mejor sea que yo lea el libro. Al fin y al cabo, tengo este ojo tan grande.

—Perfecto, muy bien —cedió Venus, y Rochelle asintió con la cabeza.

Cy regresó diez minutos más tarde con un gesto que las chicas sólo podían definir como indescifrable. En vez de contarles de inmediato lo que había descubierto, se limitó a quedarse quieto, clavando la vista en el suelo.

—¡Vamos, Cy! Por los remaches de mi abuela, ¿qué encontraste?

—Romper el maleficio de un susurrador de monstruos no es tan fácil —murmuró el chico de un solo ojo.

—De acuerdo, podemos enfrentarnos a «no tan fácil» —replicó Venus con confianza.

—De hecho, va a ser muy difícil —prosiguió Cy.

—Podemos enfrentarnos a «muy difícil» —repuso Venus con seguridad.

—Para ser totalmente sincero, es casi imposible —admitió Cy.

—Por favor, Cy, dinos de una vez lo que hay que

hacer —soltó Rochelle de sopetón, a todas luces nerviosa por el suspenso.

—Para romper la influencia, el susurrador tiene que tragar una cucharilla de helecho infernal molido mientras se le enrolla al cuello una serpiente convertida en zombi recientemente.

—Tengo que admitir que suena un tanto complicado —declaró Robecca con sinceridad.

—Esperen, hay más —dijo Cy con un suspiro propio del señor Muerte—. Tiene que ocurrir exactamente a medianoche.

—Bueno, ya veo lo que querías decir con «casi imposible» —concedió Venus—. Por desgracia, es nuestra única opción.

Al igual que los murciélagos, el cuarteto durmió durante todo el día y trabajó durante toda la noche preparándose para el momento de la verdad. Por fortuna, algunas de las tareas resultaron sencillas, como localizar los ingredientes necesarios y encontrar la ocasión para lanzar el ataque contra la señorita Alada. Venus descubrió helecho infernal y suero de ancho de llama en el despacho del señor Corte durante una misión detectivesca a medianoche. Y en cuanto a la ocasión para el ataque, en realidad existía una única opción: el baile de los Fenecidos Agradecidos, ¿cuándo si no podrían acceder a la señorita Alada exactamente a medianoche? Lo de la serpiente, sin embargo, resultó ser un poco más complicado.

—¿Cómo vamos a, ya sabes, hacerlo? —murmuró Robecca mientras clavaba la vista en una delgada serpiente gris y amarilla que acababan de sacar de la despensa de la señora Atiborraniños. La sopa no venenosa de serpiente venenosa era una de las especialidades de la profesora.

—No lo sé —admitió Cy—. El señor Corte no mencionó qué hay que hacer con el suero después de calentarlo.

—Nos limitaremos a dejar caer el suero en la boca de la serpiente hasta que se empiece a poner de color ceniza y a moverse lentamente —dijo Rochelle a los demás.

—Pero, ¿exactamente cómo tienes pensado conseguir que la serpiente abra la boca? —preguntó Venus—. ¿Le decimos «por favor, bonita»?

—Para tu información, se me ha ocurrido que añadamos un poco de queso fundido al suero. A las serpientes, igual que a los habitantes de Scaris, el queso les apasiona. En cuanto el animalillo huela el camembert fundido, abrirá la boca. Háganme caso —repuso Rochelle con un bufido.

—Me parece que hemos pasado por alto una cuestión muy importante. ¿Cómo vamos a entrar en el baile de los Fenecidos Agradecidos sin que nos descubran? —preguntó Robecca—. Al fin y al cabo, somos monstruos fugitivos.

—Escucha con atención —respondió Venus—: Departamento de Teatro.

CAPÍTULO
diecisiete

Oculto entre arboledas de altos y voluminosos pinos, se encontraba el cementerio más antiguo y glorioso de Salem: el Eskelaullano. Tan grandioso y recargado resultaba el Eskelaullano, que era más que un cementerio; se trataba de una necrópolis, una ciudad de los muertos salpicada de imponentes tumbas, mausoleos profusamente tallados y ornamentadas criptas subterráneas. Había sido construido siglos atrás por Eskel Aúlla, ostentosa zombi que consideraba que en la vida, la muerte y el más allá, uno jamás debe reprimirse. Por lo tanto, las discretas lápidas mortuorias tradicionales escaseaban en el Eskelaullano. Las que existían habían sufrido el desgaste de años de lluvia y de intenso tránsito peatonal, y ahora solo eran simples protuberancias que se asomaban entre la hierba.

Envuelto en las sombras de día y de noche, el Eskelaullano resultaba tan terrorífico como espectacular. Un fallo en la construcción del propio mausoleo familiar de Eskel Aúlla había dado como resultado un silbido débil pero sobrecogedor. Aunque se trataba simplemente del sonido del viento al atravesar las grietas en la estructura de mármol, daba la impresión de que alguien estuviera susurrando o, cuando la ventisca soplaba con fuerza, gimiendo.

La noche del fatídico baile de los Fenecidos Agradecidos la brisa era ligera y creaba tan solo un tenue siseo. Tan débil era el sonido, que resultaba más bien molesto, como cuando una mosca te zumba al oído.

La caminata desde el instituto y a través del denso bosque de pinos resultaba tan incómoda como tensa. Robecca, Venus, Rochelle y Cy, ataviados con disfraces de hombres lobo (que habían sustraído de la representación de *Lobo hombre en Scaris*) no solo se veían obligados a abrirse camino entre ramas, pájaros y una amplia variedad de insectos, sino que también tenían que pasar desapercibidos. Porque si llegaban a atraparlos en ese momento, a punto de dejar al descubierto a la señorita Alada, todo se arruinaría sin más remedio. Si fracasaban, no contarían con una red de seguridad que los protegiera a ellos o a la ciudad de Salem. Eran dolorosamente conscientes de esta circunstancia, y ninguno más consciente que Rochelle.

Como gárgola, Rochelle se preciaba de su razonamiento tranquilo y reflexivo, que le permitía valorar cualquier posible resultado de una situación concreta. Se trataba de una habilidad que siempre le había encantado, ya que creía que la mantenía a salvo a ella misma y a los demás. Aquella noche, sin embargo, a

Rochelle nada le habría gustado más que dejarse llevar por un ingenuo optimismo y lanzarse a la batalla sin tener tan claras en el pensamiento las consecuencias del fracaso. Pero, ¡ay!, tal ingenuidad resultaba imposible. Rochelle era una gárgola, una criatura que acarreaba el peso de un cuerpo compacto y una mente compacta.

—Rochelle, ¿y si intentas caminar con un poco más de suavidad? —susurró Venus, a todas luces preocupada por si el andar de la gárgola pudiera llamar la atención.

—*Zut*, lo estoy intentando, pero caminar de puntillas no es fácil para las gárgolas. Por algo dicen que andamos con pies de plomo.

—¡Utiliza las alas!

—¡Hacen más ruido todavía! —siseó Rochelle.

Desde atrás de Venus llegó una enorme nube de vapor, producto de los nervios de Robecca, a flor de plancha metálica.

—Madre mía, no consigo calmarme. ¡Me siento como un murciélago sobre un tejado de cinc caliente!

—¡Oigo que alguien canta! ¡Rápido, agáchense! —susurró Venus mientras tiraba de Robecca hacia el suelo, junto a ella.

Por una vez, todos agradecieron el canturreo incesante de los cabezas de calabaza. Vestidos con sus mejores galas, el pelotón de criaturas con cabeza naranja se abría camino jovialmente entre el espeso bosque. Una vez que las agudas voces se desvanecieron en la noche, Cy se dispuso a levantarse del suelo, pero Venus lo agarró por el brazo mientras negaba con la cabeza. Cy no oía nada. De hecho, nadie —Venus incluida— oía nada. Pero ella, sin embargo, había detectado el leve efluvio de olor corporal mezclado con colonia y productos para el pelo. Aquello sólo podía significar una cosa: troles.

En cuestión de minutos, el sonido de sus pies con garras dentadas, marchando en formación de combate, se pudo escuchar e incluso sentir. De modo que los cuatro amigos no se sorprendieron cuando una tropa de diez pasó de largo entre pisotones, pero sí les sobrecogió enormemente ver a la señorita Su Nami entre ellos, vestida con el mismo uniforme azul marino y rojo que los troles. Si bien nunca habían entablado amistad con ella, la señorita Su Nami había supuesto una presencia estable y digna de confianza durante el poco tiempo que llevaban en Monster High, y resultaba descorazonador verla desprovista de su mordaz personalidad de siempre.

Para cuando Rochelle, Venus, Robecca y Cy atravesaron el bosque y alcanzaron el borde del cementerio, exhibían un aspecto de lo más encrespado y desaliñado por culpa de haber tenido que soportar el vapor de Robecca y el asalto de las ramas de los árboles. Cualquier resto de ilusión que hubieran albergado en cuanto a que la tarea pudiera resultar fácil o rápida se disipó ante la visión del complejo sistema de seguridad que rodeaba el Eskelaullano. Tan impresionante resultaba la línea de defensa, que se podría haber pensado que Gillary Clinton, o alguna otra personalidad relevante, había hecho acto de presencia.

El perímetro estaba cercado por una auténtica muralla de troles, todos ellos de cara al exterior, en busca de posibles agitadores o enemigos de La Alada.

—¡Ay, Señor, Señor! —chilló Robecca al divisar a los troles—. ¿Pero cómo vamos a conseguir pasar a escondidas?

—Estamos cubiertos de pelaje de hombre lobo de la cabeza a los pies. Es más probable que nos cachen si entramos a escondidas que si, sencillamente, utilizamos la entrada principal —indicó Venus—. Pero vas a tener que hacer todo lo posible por controlar el vapor, porque llama la atención demasiado.

—Será mejor que nos pongamos en marcha —dijo Rochelle mientras sacaba de su bolso un pequeño bote de cristal.

La delgada serpiente gris y amarilla dormía pacíficamente en el envase, por completo inconsciente del destino que le aguardaba.

—Debo admitir que me da cargo de conciencia convertir a esta criatura en zombi sin su permiso. Me imagino que el código ético de las gárgolas no aprueba semejante comportamiento.

—A ver, pásame el frasco. Los cíclopes no tenemos un código ético —dijo Cy mientras cogía el fino tubo de cristal lleno de un fluido verde y pequeñas bolas de

camembert que sujetaba Rochelle—. ¿Y el mechero?

Cy acercó la llama al cristal hasta que las bolas de queso se fundieron y el líquido burbujeaba furiosamente.

—Confiemos en que esta serpiente tenga un buen sentido del olfato.

Entonces, el chico de un sólo ojo fue introduciendo poco a poco un gotero en el bote del reptil. Por completo desinteresada, la serpiente amarilla y gris ni siquiera movió la cabeza.

—¡Debe ser intolerante a la lactosa y odia el queso! —resopló Venus.

—¡No, espera! ¡Miren! —exclamó Robecca mientras la serpiente echaba la cabeza hacia atrás con brusquedad y trataba de beber del gotero.

Tras vaciar todo el contenido del frasco en la boca de la serpiente, los cuatro alumnos esperaron ansiosos alguna señal de la transformación en zombi.

—¿Cómo se supone que vamos a distinguir si se mueve lentamente o si no se mueve para nada? —se preguntó Rochelle con sensatez.

—Su piel: se está volviendo pálida y apagada. ¡Y miren los ojos! Están inyectados en sangre —dijo Cy, emocionado.

—¿Y si comprobamos el pulso, sólo para asegurarnos? —consideró Robecca en voz alta.

—No creo que sea necesario —declaró Venus—. Ha llegado la hora. Hay que ponerse en marcha.

Exactamente a las 23:50, el cuarteto se aproximó a la entrada principal, junto a la cual se levantaba una enorme estatua de Eskel Aúlla, tallada en piedra caliza. Resultaba inquietante el hecho de que la escultura estuviera adornada con un vestido largo de Horrormés, un par de alas delicadamente elaboradas y una peluca roja en honor a la señorita Alada.

—Qué desperdicio tan vergonzoso de alta costura —gruñó Rochelle mientras se topaba con el primer grupo de troles uniformados.

—Acuérdense, si alguien pregunta, somos primos de Clawdeen, de la parte menos acicalada de la familia —murmuró Venus a los otros con un hilo de voz.

La sensación de que alguien los observaba agobiaba a todos a medida que atravesaban el canal de troles. Venus y Rochelle consiguieron controlar su nerviosismo, pero no fue el caso de Cy o Robecca. El chico notó un repentino picor, como si su piel estuviera batallando contra el sofocante disfraz de hombre lobo. Y aunque consiguió evitar rascarse, la represión del impulso tuvo como resultado unos temblores terribles. ¡Se diría que el chico estaba sufriendo un ataque!

A su lado, las volutas de vapor que salían de la nariz de Robecca se fueron intensificando, haciéndose más fuertes cada segundo que pasaba. Por desgracia, cuanto más trataba Robecca de calmarse, más tensa se ponía, lo que a su vez provocaba que escapara mayor cantidad de vapor.

—¿Qué pasar contigo? —gruñó un trol mientras dirigía la vista a Cy, visiblemente tembloroso.

—Ah, ¿te refieres a él? Sólo está nervioso por si no lo eligen Rey del Alarido por culpa de su pelaje mugriento —bromeó Venus mientras enhebraba su brazo con el de Cy.

—¿Qué en nariz tuya? —el trol señaló a Robecca.

—¡Tornillos desatornillados! Para mí que lo eché todo a perder —murmuró para sí Robecca mientras luchaba contra el impulso de llorar.

—Llamar tú a la Nami —instruyó el trol a un camarada cercano.

—No. Ser normal en hombres lobos —repuso su compañero mientras hacía señas con la mano para que continuaran.

Cuando Venus, sorprendida, volvió la vista atrás, reconoció a su amigo de la nariz roja.

El baile de los Fenecidos Agradecidos no era en absoluto como habían esperado, y eso que, en realidad, ninguno de los cuatro sabía qué esperar. En lugar de música y risas, una auténtica oleada de susurros les invadió los oídos. El sonido era tal como Cy lo había descrito: parecido al siseo de mil serpientes. Acurrucados entre los mausoleos cubiertos de musgo y las criptas, los monstruos se susurraban unos a otros al oído con entusiasmo. El cuarteto fue deambulando entre el gentío, evitando cuidadosamente el contacto visual por miedo a que los reconocieran.

Cerca del centro del Eskelaullano descubrieron un escenario de oro, ornamentado a más no poder, sobre el que la señorita Alada se encontraba de pie como una reina que saluda a las masas. Ataviada con un fabuloso vestido negro y dorado confeccionado a mano, su hermosura resultaba innegable.

—¿Cómo vamos de tiempo? —preguntó Venus a Rochelle en voz baja.

La gárgola sacó su iAtaúd a toda prisa.

—Quedan tres minutos y veintidós segundos para la medianoche.

—Recuerden, siempre y cuando no nos apartemos del plan, contamos al menos con un cincuenta por ciento de posibilidades de éxito —declaró Venus con estoicismo.

—Yo más bien diría un cuarenta y tres y medio por ciento —corrigió Rochelle.

—Madre mía, ¡no es lo que se dice un gran mensaje de aliento!

Entonces, los cuatro amigos se dieron palmaditas en la espalda y tomaron tres direcciones diferentes. Debido a los evidentes problemas de Robecca con la puntualidad, Cy decidió acompañarla. Además, no podría haberla dejado entre todos aquellos maníacos monstruosos.

Consumidos por un terror desenfrenado y espoleados por descargas de adrenalina, los amigos ocuparon sus respectivas posiciones a los lados del escenario. Llegado este punto, Robecca experimentó una momentánea toma de conciencia del tiempo. Y es que mientras ella y Cy observaban sus iAtaúdes en espera del momento planeado para atacar, su mente no divagó ni un segundo.

Rochelle fue la primera en actuar: exactamente a las 23:59:30 se subió a lo alto de una lápida y lanzó su cuerpo de granito sobre el escenario. Tal como esperaban, semejante acto le granjeó la atención de un trol cercano. Sin un segundo que perder, la joven gárgola comenzó una alocada carrera. Aunque se desplazaba a su ritmo lento habitual, por primera vez en su vida tuvo la impresión de mover los pies con rapidez pero, en realidad, estaba a pocos centímetros de que la capturaran. Entonces, lanzó su cuerpo alrededor de los pies de la señorita Alada y dejó a la profesora anclada en la plataforma.

Los troles, ahora frenéticos, se amontonaron alrededor de los cuatro amigos. Venus desató un ataque de estornudos, rociando con denso polen naranja a los troles que se aproximaban. Robecca empleó una táctica similar y pulverizó a los troles con vapor, dirigiendo los vahos hacia el interior de sus narices, lo que provocó que cayeran de rodillas al instante.

—Ha llegado la hora —vociferó Venus, y a continuación lanzó la serpiente alrededor del delgado cuello de marfil de la señorita Alada.

Acto seguido, Robecca lanzó a toda prisa un chorro de vapor al ojo de la exquisita dragona, dando lugar a que esta se pusiera a emitir ensordecedores chillidos. Llegado este punto, Cy se limitó a arrojar la cucharada de helecho infernal a la boca abierta de la señorita Alada.

—¡Ataque! ¡Traidores! —gritaba esta mientras lanzaba helecho infernal por doquier.

—¡No! ¡Está perdiendo el polvo! —chilló Cy mientras las vides firmemente enroscadas de Venus luchaban contra las manos de la señorita Alada, delicadas pero fuertes.

Rochelle se aferraba a las delgadas piernas de la profesora y, accidentalmente, sus garras despedazaron el dobladillo del vestido de alta costura de la perturbada hembra de dragón.

—Me siento fatal. ¡Este tejido es *vamptastique!* —murmuraba para sí Rochelle cuando, de pronto, reparó en el extraño sonido del silencio.

Toda actividad en el cementerio se había detenido en seco; los monstruos y los troles permanecían misteriosamente quietos, como petrificados. Mientras observaba a la multitud muda de asombro, Rochelle fue soltando poco a poco a la señorita Alada, ahora inmóvil, y se levantó.

—*Regardez!* Todo se ha parado —dijo Rochelle a los otros en voz baja.

—¿Qué significa esto? —susurró Robecca, presa de los nervios, mientras expulsaba vapor por ambas orejas.

—Puede que hayamos hecho algo mal —aventuró Cy mientras inspeccionaba la masa de monstruos inertes, quienes mostraban una expresión de profundo desconcierto.

—¡Ay, no! ¿Qué les hicimos? ¿Hemos empeorado las cosas? —se preguntó Venus en voz alta mientras sus vides temblaban por el estrés de la situación.

Justo entonces, una ligera oleada de susurros comenzó a recorrer el gentío. Los monstruos, hasta el momento inmóviles, empezaron a bostezar, a frotarse los ojos y a estirar el cuerpo.

—¡Creo que se están despertando! —proclamó Rochelle, emocionada.

Los susurros se fueron volviendo más sonoros y bulliciosos mientras la perpleja multitud recobraba la conciencia.

—¿Dónde estoy?

—¿Qué está pasando?

—¿Cómo llegué aquí?

—¡Funcionó! —gritó Venus mientras daba de brincos arriba y abajo.

Robecca, que no quería quedarse atrás por unos cuantos saltos, se puso sus botas y remontó el vuelo gloriosamente. Tan espectaculares y arriesgadas eran sus acrobacias aéreas, que los desconcertados monstruos se distrajeron unos instantes. Durante unos segundos, no se preguntaron por qué sus mentes estaban confusas: se limitaron a maravillarse del inmenso talento de uno de los suyos.

—¡Tuercas! ¡Somos libres, sí! —gritó Robecca con alegría antes de que sus pies volvieran a tocar tierra.

—¿Libres de qué? No entiendo qué estamos haciendo aquí —dijo Frankie Stein mientras se frotaba su agotada frente de color verde.

—Eh, ¿dónde está la señorita Alada? Se suponía que teníamos una cita —gimió el señor Muerte con comprensible decepción.

Antes de que Robecca, Venus o Rochelle tuvieran oportunidad de contestar, Cleo de Nile, indignada, se abrió paso entre la multitud como un huracán.

—¡Un momento! ¿Éste es el baile de los Fenecidos Agradecidos? ¿Por qué llevo puesto un conjunto tan espantoso? —gimoteó la princesa egipcia mientras bajaba los ojos a su vestido de pana color castaño, con la cara de un hurón bordada en la pechera.

—Alumnos —dijo con calma la directora Sangriéntez—, dejen que les explique.

—Con el debido respeto, directora, no puede explicarlo. No tiene la menor idea de lo que ha ocurrido aquí —declaró Rochelle con firmeza.

—Bueno, no puedo decir que me sorprenda. ¿Y si le preguntamos a la señorita Su Nami?

—Señora —ladró la empapada mujer con voz enérgica—. Lamentablemente, soy incapaz de recordar nada de lo que ha sucedido. Todo resulta confuso, borroso, como un sueño del que no consigo acordarme.

—Vaya, lo reconozco, ¡eso sí que es una sorpresa! —exclamó la directora Sangriéntez.

—Lo último que recuerdo con claridad es que recorría el pasillo a toda prisa en busca de la señorita Alada —explicó la señorita Su Nami mientras daba tirones de su ceñido uniforme militar.

—Qué raro. Lo último que yo recuerdo es también a la señorita Alada —murmuró Clawdeen que, sin proponérselo, desencadenó entre los monstruos una sucesión de evocaciones sobre la señorita Alada. Al poco rato, todos los ojos se habían vuelto hacia la elegante profesora, que seguía de pie, inmóvil, en mitad del estrado provisional.

—¿Qué nos hizo? —gritó Jackson Jekyll, indignado.

—¡Esto es locura! Necesitamos dormir siesta —gimió Blanche Von Sangre. Acto seguido, ella y su hermana se dirigieron a toda prisa hacia una cripta cercana.

—Lo lamento mucho, pero no tengo la más mínima idea de quiénes son o, para el caso, dónde estamos —murmuró con sentimiento la señorita Alada.

—Vaya, qué conveniente, ¿verdad? —ironizó Venus mientras ponía los ojos en blanco.

La señorita Su Nami condujo a Silfidia Alada, junto a los alumnos y al resto de profesores, hasta el vampiteatro, para que Venus, Robecca, Rochelle y Cy pudieran explicar la locura que había tenido lugar durante las semanas previas. Al escuchar las historias, todos ahogaron gritos de asombro, y la señorita Alada sucumbió a un mar de lágrimas que ninguno de los presentes había visto jamás. La refinada mujer temblaba violentamente por los sollozos, a todas luces horrorizada por sus propias acciones. Aseguró que ella también se había encontrado bajo un maleficio que la obligó a actuar de aquella forma tan horrible.

Draculaura se secó unas cuantas lágrimas de compasión.

—¡Pobre señorita Alada!

—Sé lo doloroso que resulta no ser capaz de recordar, y me puedo imaginar lo doloroso que debe ser no querer recordar —sentenció sabiamente la directora Sangriéntez.

—Señora, debo aconsejarle en contra de que fraternice con el enemigo —declaró sin rodeos la señorita Su Nami quien, a continuación, realizó su sacudida de agua característica, empapando a la directora.

—No diga tonterías, señorita Su Nami. La señorita Alada no es más que una víctima, tanto como cualquiera de nosotros…

Pero Robecca, Rochelle y Venus no estaban tan seguras; la palabra *víctima* les resonaba en los oídos, mofándose de la incertidumbre de las amigas sobre lo que había ocurrido.

En los días que siguieron, Monster High regresó a su rutina habitual, aunque con mayor cantidad de obligaciones. La época de los susurros había retrasado en sus tareas a los alumnos, quienes se vieron obligados a estudiar el doble de lo normal para ponerse al día. El doctor Pezláez, el señor Corte y el resto del profesorado se ofrecieron incluso a impartir sesiones de estudio durante los fines de semana. Y tras un intenso debate, la directora Sangriéntez y la señorita Su Nami decidieron conservar a los troles de avanzada edad, ya que mantener la disciplina se les daba bastante bien. Además, no tenían otro sitio adonde ir.

En el periodo posterior al inquietante suceso se produjo una novedad francamente alentadora: los alumnos y el profesorado se unieron como un equipo, decididos a que su vida y su instituto regresaran a la normalidad. Sin embargo, en su empeño por dejar atrás el incidente de los susurros, nadie formuló una pregunta vital, una pregunta que Robecca, Venus y Rochelle, al parecer, no podían dejar pasar. Si, en efecto, la señorita Alada era una víctima como todos los demás, ¿quién la había instigado para que actuara así? Y, más importante todavía, ¿por qué razón?

—No puedo creer que ya sea el momento de elegir las clases para el próximo trimestre —gimió Robecca mientras se introducía bajo las sábanas de gasa egipcia junto a su pingüino mascota.

—Robecca, me parece que has arropado a Penny al revés —dijo Rochelle mientras señalaba los pequeños pies metálicos de la hembra de pingüino que sobresalían por debajo de las mantas.

—¡Madre mía! —repuso Robecca entre risas.

—Bueno, chicas, ¿qué han pensado para el próximo trimestre? ¿Nos apuntamos a la clase de Dragonometría de la señorita Alada? —preguntó Venus a las otras con afán de provocación.

—Después de ver cómo nuestro instituto caía bajo un hechizo y tener que rescatar a todo el mundo sin ayuda de nadie más, me inclino a tomarme el trimestre que viene con calma y evitar cualquier zona de conflicto —respondió Rochelle.

Elevando las cejas, Venus preguntó:

—¿Eso significa que vas a dejar en paz al señor Muerte?

—¡Claro que no! Soy una gárgola: ¡en mi historial no puede aparecer una misión inacabada! ¡No descansaré hasta que vea sonreír a ese hombre!

—Bueno, afortunadamente aún te quedan unos cuantos años en Monster High —bromeó Robecca.

—No necesito años; las tengo a ustedes, chicas —dijo Rochelle con tono serio—. ¿Es que no lo saben? Ser monstruoamigas para siempre significa, entre otras cosas, que tenemos que apoyarnos unas a otras pase lo que pase.

—¡Tienes toda la razón! ¡Monstruoamigas para siempre! ¡Estoy súper emocionada porque una gárgola sea uno de los miembros fundadores de la pila de compostaje de Monster High! —exclamó Venus con una sonrisa satisfecha.

—Venus, *s'il vudú plait,* no nos dejemos llevar por el entusiasmo…

epílogo

Dos meses después del baile de los Fenecidos Agradecidos llegó un mensaje por La Quimera Mensajera a nombre de Cy Clops. Para entonces, hasta las propias Rochelle, Robecca y Venus habían renunciado a intentar averiguar quién o qué se hallaba detrás del gran susurro de monstruos. La vida había regresado a la normalidad. Es decir, hasta que abrieron la carta de La Quimera Mensajera...

Regresarán a Monster High, como han regresado aquí. Manténganse alertas en todo momento,

Signore Vitriola

Y así, sin más, todo volvió a cambiar.

Podrían haber ganado la batalla pero, evidentemente, la guerra no había terminado.

Si tan solo supieran contra quién estaban luchando...

la autora

Gitty Daneshvari, de padre iraní y madre americana, nació en Los Ángeles (Estados Unidos). Como ella misma cuenta, de pequeña no paraba de hablar y cuando su familia se cansó de escucharla se refugió en la escritura. Actualmente vive en Nueva York y... ¡sigue hablando muchísimo! Su primera obra conocida a nivel internacional fue *Escuela de frikis*.

¡No te pierdas la próxima aventura de Rochelle, Venus y Robecca!

Si quieres conocer todo lo que pasa en Monster High, hazlo en compañía de Frankie, Draculaura, Clawdeen… y ¡todas tus monstruoamigas favoritas!

Además, si todavía no has leído
las novelas de Monster High,
¡ponte manos a la obra!

¡ELECTRIZANTES!

Esta obra se terminó de imprimir en noviembre de 2012,
en los talleres de Litográfica Ingramex, S.A. de C.V.
Centeno 162-1, Col. Granjas Esmeralda,
C.P. 09810 México, D.F.